ЧЁРНЫЕ ПСЫ

ИЭН МАКЬЮЭН

Санкт–Петербург
ДОМИНО

ЭКСМО
Москва
2010

УДК 82(1-87)
ББК 84(4Вел)
М 15

Ian McEwan
BLACK DOGS

Copyright © 1992 by Ian McEwan

Перевод с английского *Вадима Михайлина*

Составители серии
Александр Гузман, Александр Жикаренцев

Оформление серии *Сергея Шикина*

Оригинал-макет подготовлен
Издательским домом «Домино»

Макьюэн И.

М 15   Черные псы : роман / Иэн Макьюэн ; [пер. с
англ. В. Михайлина]. — М. : Эксмо ; СПб. : Домино,
2010. — 288 с. — (Интеллектуальный бестселлер).

ISBN 978-5-699-46048-9

Иэн Макьюэн — один из «правящего триумвирата»
современной британской прозы (наряду с Джулианом Барн-
сом и Мартином Эмисом), лауреат Букеровской премии за
роман «Амстердам».

Когда-то они были молоды, полны грандиозных идей
и смысл жизни был виден в очищении человечества от
скверны в огне революции. Но зло неуязвимо, если пребы-
вает в надежном прибежище — в человеческой душе. И
сумма несчастий не уменьшится, пока оно обитает там. Без
революции во внутреннем мире, сколь угодно долгой, все
гигантские планы не имеют никакого смысла. Автор романа предоставляет героине понять это тогда, когда ее вселенная сузилась до стен палаты дома для престарелых.

УДК 82(1-87)
ББК 84(4Вел)

ISBN 978-5-699-46048-9

*Джону Куку,
который тоже их видел*

*В такие времена я, так сказать,
не знаю, чего я хочу; возможно,
я не хочу того, что знаю,
и хочу того, чего не знаю.*

Марсилио Фичино.
Письмо к Джованни
Кавальканти, ок. 1475 г.

Уведомление

Населенные пункты, упомянутые в этом романе, соответствуют реальным французским деревням, но связанные с ними персонажи вымышлены полностью и не имеют сходства с реальными людьми, живыми или мертвыми. История мэра и сам образ мэра полностью вымышлены.

И. М.

Введение

■

Я стал тянуться к чужим родителям с тех самых пор, как, будучи восьми лет от роду, лишился в автомобильной катастрофе своих собственных. Особенно заметно это стало в подростковом возрасте, когда многие из моих приятелей старались отгородиться от семьи и мне удавалось хоть ненадолго занять пустующее место отсутствующего чада. В нашей округе если в чем и не было недостатка, так это в отвергнутых папах и мамах, которые радовались от всей души, если рядом с ними оказывался хоть один семнадцатилетний индивид, способный оценить по достоинству их шутки, мудрые советы, кулинарные навыки и даже их деньги. При этом и сам я в каком-то смысле был за родителя. Из родных и близких со мной рядом была в те годы сестра Джин, которая вышла замуж за человека по имени Харпер. Брак этот был заключен недавно и разваливался прямо на глазах. Моей протеже и доверенным лицом в этом несчастливом семействе была трехлетняя племянница Салли, единственный ребенок Джин. Буйные ссоры и примирения, которые приливами и отливами окатывали нашу большую квартиру (Джин унаследовала половину фамильного имущества, а моей половиной распоряжалась по доверенности), оставляли Салли где-то на обочине. Естественно, что я почувствовал в этом заброшенном ребенке родственную душу, вот мы и отсиживались с ней время от времени с ее игрушками и моими пластинками в большой комнате, выходившей окнами в сад, или в крохотной кухоньке, где мы вынуждены были уединяться в те дни, когда из-за бушевавших в доме диких сцен особо высовываться нам не хотелось.

То, что я заботился о ней, шло мне на пользу — помогало оставаться цивилизованным человеком и заставляло забыть о своих собственных проблемах. Прошло еще двадцать лет, прежде чем я снова испытал такое же уютное чувство, как в те времена. Больше всего я любил вечера, когда Джин и Харпер выбирались куда-нибудь из дому, особенно летом: я читал Салли вслух, пока она не засыпала, а потом садился делать уроки за большой стол, стоявший возле открытого настежь французского окна, — из сада плыли запахи душистых левкоев и дорожной пыли. Я готовился к экзаменам второго уровня сложности* в Бимиш, на Элджин-Кресент, в репетитор-

---

* Так называемый уровень А: экзамены сдаются после шестого класса средней школы (в 18—19 лет), результаты учитываются при поступлении в высшие учебные заведения. (*Здесь и далее примеч. перев.*)

ской конторе, которая самодовольно именовалась академией. Когда я поднимал голову и сквозь царящий в комнате полумрак оглядывался на Салли — она спала на спине, в мешанине из простыней и игрушек, раскинув по сторонам руки и ноги, в позе, которая мне казалась следствием абсолютно ложного чувства доверия к миру,— меня охватывало дикое и мучительное, будто ножом по сердцу, желание защитить ее, и я уверен, что именно по этой причине у меня теперь четверо собственных детей. На сей счет у меня никогда не было ни малейших сомнений; в некотором роде человек остается сиротой на всю жизнь; забота о детях есть в каком-то смысле забота о самом себе.

Время от времени совершенно внезапно к нам врывалась Джин, влекомая чувством вины или избытком любви после очередного примирения с Харпером, и уволакивала Салли прочь, в свою часть квартиры, воркуя, тиская ее и шепча ей на ухо бессмысленные обещания. И вот тогда, как правило, спускалась тьма, пустое и гулкое чувство одиночества. Вместо того чтобы слоняться по улицам, как другие подростки, или пялиться в телик, я несся по ночной Лэдброк-Гроув к дому, который на данный момент казался мне самым теплым. Теперь, по прошествии двадцати пяти с лишним лет, в памяти всплывают невзрачные оштукатуренные дома, то облупленные, то безукоризненно чистые, как на Поуис-сквер, и поток насыщенного желтого света из открытой парадной двери, который выхватывает из темноты бледнолицего, уже успевшего вымахать за шесть футов подростка, косолапо шаркающего в своих «челси»*.

— Ой, добрый вечер, миссис Лэнгли! Извините за беспокойство. А Тоби дома?

Чаще всего Тоби в это время как раз у одной из своих девушек или в пабе с друзьями, и я, бормоча извинения, делаю пару шагов назад, спускаюсь на пару ступенек, но миссис Лэнгли уже окликает меня:

— Джереми, а может быть, ты все-таки зайдешь? Давай-ка, правда заходи. Составишь нам, старым занудам, компанию, пропустим по стаканчику. Том наверняка будет рад тебя видеть.

Дежурные отнекивания — и вот шестифутовый дурик уже в доме, и его ведут через холл в большую, заставленную книгами комнату с сирийскими кинжалами, шаманской маской, амазонской духовой трубкой со стрелами, отравленными ядом кураре. Там под лампой у открытого окна сидит сорокатрехлетний отец Тоби и читает в подлиннике Пруста, Фукидида или Гейне. Потом встает и с улыбкой протягивает руку:

---

* Модный в 1960-х гг. тип обуви: высокие ботинки с эластичными вставками с внутренней стороны.

— Джереми! Как хорошо, что ты пришел! Давай присоединяйся, наливай себе скотча с водой. Садись, послушай кое-что и скажи, что ты на сей счет думаешь.

И дабы вывести разговор на один из моих экзаменационных предметов (французский, история, английский, латынь), он возвращается на несколько страниц назад, к какому-нибудь зубодробительно закрученному пассажу из *A L'ombre des jeunes filles en fleurs»*, и я, разрываясь между желанием понравиться и желанием повыпендриваться, с готовностью принимаю вызов. Он добродушно поправляет мои ошибки, потом мы, видимо, все-таки сверимся с английским переводом Скотта-Монкриффа, а затем появится миссис Лэнгли с сэндвичами и чаем, и они начнут расспрашивать меня о Салли и захотят узнать о том, как обстоят дела у Харпера и Джин, которых никогда в глаза не видели.

Том Лэнгли был дипломатом, работал в Форин офис, и его отправили домой, на Уайтхолл**, после того, как он отбыл три срока за рубежом. Бренда Лэнгли управлялась с домом, с их прекрасным домом, и давала уроки игры на клавикордах и фортепьяно. Как и многие другие родители моих соучеников по академии Бимиш, люди они были обра-

---

* «Под сенью девушек в цвету» — второй роман М. Пруста из цикла «В поисках утраченного времени».

** То есть в аппарат Министерства иностранных дел.

зованные и состоятельные. У меня же за спиной ни денег, ни книг не было, и потому сочетание это казалось мне изысканным и желанным.

Но Тоби Лэнгли совсем не ценил своих родителей. Воспитанные, любознательные, лишенные предрассудков, они внушали ему скуку, так же как и сам его дом, просторный и опрятный, и детство, проведенное на Ближнем Востоке, в Кении и Венесуэле. К экзаменам он готовился вполсилы и сразу по двум областям знания (математика и гуманитарные дисциплины) и говорил, что вообще не собирается поступать в университет. Друзей он себе старательно отыскивал в новостройках возле Шепердз-Буш и заводить пассий предпочитал среди официанток или продавщиц с огромными «осиными гнездами» на голове. Он встречался с несколькими девушками одновременно, создавая тем самым полную неразбериху и нарываясь на неприятности. Он выработал совершенно дебильную манеру речи, исполненную грамматических неправильностей и проглоченных гласных, которая уже успела войти у него в привычку. Поскольку он был мой друг, говорить ему я ничего не говорил. Впрочем, он и без того прекрасно чувствовал мое неодобрение.

Несмотря на то что я всякий раз использовал один и тот же предлог, заходя в гости именно тогда, когда Тоби не было дома, а миссис Лэнгли с ее неизменным «а может быть, ты все-таки зайдешь?» с готовностью поддерживала этот дипломатический протокол, на Поуис-сквер мне были всегда рады. Иногда меня, как человека, наблюдающего ситуацию со стороны, просили высказать мнение относительно Тоби, который сбился с пути истинного, и тогда я самодовольно и чуть снисходительно принимался разглагольствовать о том, что ему просто нужно «найти себя». Точно так же я прописался и у Сильверсмитов; эти двое — и муж и жена — были психоаналитики неофрейдистского толка, с массой удивительнейших идей насчет секса и с громадным, американских габаритов, холодильником, битком набитым всяческими деликатесами. Их дети, троица законченных раздолбаев-тинейджеров, две девочки и мальчик, воровали в магазинах и шакалили деньги у детишек помладше на Кензал-Райз.

В доме у моего друга и товарища по Бимишу Джозефа Наджента я тоже чувствовал себя вполне уютно. Отец у него был океанограф и организовывал экспедиции по изучению неисследованных участков дна Мирового океана. Мать — известная журналистка, в «Дэйли телеграф» ей даже доверили вести собственную рубрику, однако Джо считал своих родителей скучнейшими созданиями на свете и предпочитал их обществу компанию парней из Ноттинг-Хилл*, для которых вершиной челове-

---

* Бедный район в лондонском Вест-Энде, населен по большей части выходцами из бывших британских колоний.

ческого счастья было собраться вечером вместе и полировать сложносоставные фары своих моторол-леров.

И что, все эти родители привлекали меня только потому, что не были моими собственными? При всем желании я не могу утвердительно ответить на этот вопрос, поскольку люди они были просто замеча-тельные сами по себе. Мне с ними было интересно, я многому у них научился. У Лэнгли я узнал о том, как приносят жертвы в Аравийской пустыне, под-натаскался по французскому и по латыни и в пер-вый раз услышал «Гольдберговские вариации» Баха. У Сильверсмитов я внимал историям о полиморф-ных перверсиях, был заворожен сказками о Доре, Крошке Хансе и Волке-оборотне и вкушал копче-ную лососину, бублики со сливочным сыром, кар-тофельные оладьи и борщ*. У Наджентов Дженет ввела меня в тонкости дела Профьюмо и заставила выучиться скорописи; ее муж однажды изобразил муки человека, страдающего от кессонной болез-ни. Все эти люди воспринимали меня как взросло-го. Они наливали мне выпить, угощали сигарета-ми, интересовались моим мнением. Им всем тогда было немного за сорок, они были толерантны, энер-гичны, и с ними было легко. Миссис Сильверсмит

---

* Перечисленные блюда вписываются в англосаксонское представление о еврейской кухне.

научила меня играть в теннис. Окажись любая из этих пар моими родителями, мне, я уверен, больше не о чем было бы и мечтать, и если бы мое отношение к ним изменилось, то разве что в лучшую сторону.

Но разве не пытался бы я вырваться на свободу, как прочие подростки, если бы мои собственные родители остались живы? И на этот вопрос я тоже не могу ответить утвердительно. То, чего добивались мои друзья, казалось мне диаметральной противоположностью свободе, мазохистским рывком вниз по социальной лестнице. И напротив, для всего моего поколения, а в особенности для Тоби и Джо, было абсолютно естественно считать мой собственный домашний быт чуть ли не раем земным: вечный бардак, царивший в нашей захламленной квартире, возможность глушить джин с утра пораньше, и моя сногсшибательная сестра, которая смолит одну сигарету за другой, этакая копия Джин Харлоу*, первая среди своих ровесниц вырядившаяся в мини-юбку, и взрослая драма ее зубодробительного замужества, и садист Харпер, любитель кожаных прикидов, с красно-черными задиристыми петухами, вытатуированными на бугристых предплечьях, и никого тебе рядом, кто станет нудить насчет по-

---

* Американская киноактриса (наст. имя Харлин Харлоу Карпентер, 1911—1937), секс-символ 1930-х гг.

рядка в моей комнате, того, как я одеваюсь, что ем, где бываю, насчет моей учебы, моих планов на будущее или того, все ли у меня в порядке с головой или с зубами. Чего, спрашивается, еще человеку в жизни надо? Вот разве что (при желании могли бы добавить они) сбагрить куда-нибудь этого младенца, который вечно путается под ногами.

Симметрия наших приязней и неприязней доходила до того, что как-то раз зимним вечером Тоби оказался у меня дома, старательно делая вид, что от души оттягивается в леденящем убожестве нашей кухни, покуривая сигареты и пытаясь глубокомысленными банальностями произвести впечатление на Джин, которая, кстати сказать, искренне его недолюбливала, — а я в это время сидел у него, уютно устроившись перед камином на кожаном диване, в руке у меня согревался налитый его отцом стакан односолодового виски, под ногами (обувь скинута) прекрасный бухарский ковер, который Тоби считал символом культурного насилия, а сам я слушал, как Том Лэнгли рассказывает о смертельно ядовитом пауке и предсмертных конвульсиях некоего третьего секретаря британской миссии, которая буквально только что прибыла в Каракас для установления дипломатических отношений, и при этом с противоположной стороны гостиной сквозь открытые двери до нас доносятся звуки рояля, Бренда играет ритмичный, синкопированный рэгтайм

Скотта Джоплина, которого в те времена только-только открыли заново и еще не успели заиграть до смерти.

Я прекрасно отдаю себе отчет в том, что многое из вышеизложенного свидетельствует не в мою пользу, что Тоби, который в совершенно невозможных условиях пытался ухаживать за абсолютно недосягаемой для него молодой женщиной, а также его (или Джо, или выводка Сильверсмитов) рейды по окрестностям демонстрируют настоящий вкус к жизни, тогда как страстная одержимость семнадцатилетнего юноши комфортом и поучениями старших свидетельствует о врожденной скудости духа. И в том, что, описывая этот период моей биографии, я подсознательно сымитировал не только свой подростковый, высокопарно-иронический строй мыслей, но и ту довольно формализованную, отстраненную и замысловатую манеру речи — прямое следствие спорадического чтения Пруста,— в которой я в те времена изъяснялся, пытаясь сойти в глазах общественности за интеллектуала. Все, что я могу сказать в защиту моего юного «я»: мне отчаянно недоставало родителей, хотя едва ли в те времена я отдавал себе в этом отчет. Мне приходилось выстраивать вокруг себя оборонительные сооружения. Напыщенность как раз и являлась одним из таковых, а другим — мое пижонское неприятие всего того, чем занимались мои друзья и сверстники. Они могли куролесить, сколько им вздумается, поскольку ощущали за спиной надежный тыл, а мне нужен был тот самый «домашний очаг», от которого они пытались убежать подальше.

Я был готов обходиться без девушек хотя бы потому, что они наверняка отвлекали бы меня от работы. Я вполне резонно полагал, что кратчайший путь выйти из моей ситуации (под которой я подразумевал необходимость жить под одной крышей с Джин и Харпером) — это поступление в университет, для чего нужно было хорошо сдать экзамены. Трудился я самозабвенно, урезая от ночного сна по два, по три, а то и по четыре часа задолго до того, как нужно было начинать вплотную готовиться к экзаменам. Другая причина моей застенчивости заключалась в следующем: первые шаги моей сестры в этом направлении, предпринятые в те времена, когда мне было одиннадцать, а ей пятнадцать, были настолько успешными и громогласными и через нашу как бы общую с ней спальню (до того как тетушка выставила нас обоих вон) прошла настолько многочисленная и безликая вереница ее споспешников, что сестре удалось всерьез меня напугать. В том пропорциональном распределении опыта и навыков, которое обычно имеет место между братьями и сестрами, Джин раскинула свои точеные ножки — если воспользоваться кафкианской метафорой — поперек моей карты мира и напрочь перекрыла территорию под названием «секс», так что я был вынужден откочевать куда подальше — на малоисследованные архипелаги, обозначенные как Катулл, Пруст и Поуис-сквер.

К тому же у меня была глубокая сердечная привязанность к Салли. С ней я чувствовал себя человеком ответственным и цельным, и никто мне больше не был нужен. Девчушка она была маленькая и бледная. Гулять с ней практически никто не гулял; мне после школы обычно было как-то не до того, а Джин вообще почти никогда не выбиралась из дому. Чаще всего мы играли с ней в зале. Манера у нее была деспотическая, вполне характерная для трехлетних девочек: «Нет, не на стуле! Слезай сюда, на пол, ко мне!» Мы играли в больницу, в дочки-матери, представляли, как мы заблудились в лесу или плыли под парусом к неведомым землям. Салли, задыхаясь от возбуждения, вела нескончаемое повествование о том, где мы сейчас находимся, о наших с ней действиях и о внезапных метаморфозах. «Ты больше не чудовище, ты теперь король!» А потом из дальней части квартиры доносился яростный рев Харпера, через долю секунды взвизгивала от боли Джин, и Салли, скорчив миниатюрное подобие взрослой гримасы в сопровождении заученных, строго последовательных жестов (подмигнуть — поднять бровь — передернуть плечами), произносила серьезно и по-детски старательно: «Ох уж эти родители! Просто ненормальные, честное слово!»

Нормальными их и в самом деле счесть было трудно. Харпер работал охранником и утверждал, что учится на заочном, на антрополога. Джин выскочила за него замуж, когда ей самой едва исполнилось двадцать лет, а Салли было полтора года от роду. На следующий год, когда у Джин кончились деньги, она купила эту квартиру и стала жить на то, что ей доплатили сверху. Харпер ушел с работы, и теперь они вдвоем целыми днями слонялись по комнатам, пили, дрались и мирились. У Харпера был особый талант к жестокости. Время от времени, с неудобным чувством, возникавшим где-то под ложечкой, я поглядывал на вспухшую скулу или на разбитую губу родной сестры и пытался разобраться в не слишком внятных мужских кодексах чести, которые вынуждали меня вызвать зятя на дуэль и встать на защиту попранной сестринской чести. Но бывали и другие времена: я заходил на кухню и заставал Джин за столом, она курила и читала журнал, а Харпер стоял у раковины совершенно голый, если не считать пурпурного бандажа на мошонке, с полудюжиной ярко-красных рубцов на ягодицах и тихо-смирно мыл посуду. Я с готовностью спешил признаться себе в том, что это выше моего разумения, и удирал обратно в зал, к играм с Салли, которые были куда понятнее и проще.

Я до сих пор не могу понять, как и почему я в те годы не догадывался, что жестокие игры Джин и Харпера не могут не распространяться и на мою племянницу. То, что она ждала двадцать лет, прежде чем рассказать об этом, показывает, насколько полно страдание может изолировать ребенка от всего окружающего. Я тогда еще и представления не имел о том, как взрослые могут обращаться с детьми, а может быть, просто не хотел ничего об этом знать; я собирался в скором времени сматываться из постылого дома куда подальше, и чувство вины уже успело прогрызть во мне дырочку. Летом, ближе к осени, вскоре после моего дня рождения — мне исполнилось восемнадцать лет,— Харпер исчез, я сдал экзамены и поступил в Оксфорд. Месяцем позже, перетаскивая книги и пластинки из комнаты в машину приятеля, я, по идее, должен был скакать от радости: два года упорных трудов не пропали даром, я свободен, я ничей! Но Салли ходила за мной как хвостик, из дома на улицу и обратно, тон у нее был подозрительный и настойчивый, а сами вопросы с головой изобличали во мне предателя:

— Куда ты уезжаешь? Почему ты уезжаешь? А когда ты вернешься?

К этому последнему вопросу, почувствовав за моей уклончивостью, за неловкими паузами какой-то подвох, она возвращалась из раза в раз. А когда она вдруг придумала, чем соблазнить меня, чем отвлечь от исторического факультета, причем это предложение она сделала с такой надеждой, с такой готовностью: поиграть вместо этого в отважных мореплавателей,— я опустил на землю стопку книг и со всех ног рванул к машине, чтобы сесть на пассажирское место и прореветься. Мне кажется, я прекрасно отдавал себе отчет в том, каково ей сейчас и что с ней будет дальше; дело шло к полудню, но Джин еще не вставала, с вечера наглотавшись спиртного с таблетками — ее способ оплакивать уход Харпера. Перед отъездом я, конечно, собирался ее разбудить, но в каком-то самом важном смысле слова Салли оставалась одна. Собственно, и до сей поры остается.

В том, что было дальше, ни Салли, ни Джин, ни Харпер не сыграли ровным счетом никакой роли. Как, в общем-то, и Лэнгли, Надженты и Сильверсмиты. Чувство вины за совершенное предательство не позволяло мне вернуться в Ноттинг-Хилл — пусть даже просто заехать на выходные. Еще одного расставания с Салли я бы просто не выдержал. Мысль о том, что я заставил ее пережить точно такую же потерю, от которой страдал сам, усугубила мое одиночество и напрочь стерла радостное возбуждение первого семестра. Я сделался тихим, депрессивным студентом, одним из тех унылых персонажей, которых однокурсники практически не замечают и которые словно бы самими законами природы исключены из процесса сведения знакомств. Я взял курс на ближайший очаг. Таковой обнаружился в Северном Оксфорде и принадлежал отечески заботливому преподавателю и его жене. Некоторое весьма непродолжительное время там я и процветал, и находились люди, которые говорили мне, что я умен. Но чтобы отучить меня пускаться время от времени в бега, этого было недостаточно, и я удрал сначала из Северного Оксфорда, а затем, на четвертом семестре, и из самого университета. Еще долгие годы после этого я то и дело срывался с места и оставлял за спиной адреса, места работы, друзей, любовниц. Время от времени мне удавалось заглушить по-детски неуемное чувство одиночества, подружившись с чьими-нибудь родителями. Меня приглашали в дом, я возрождался к жизни, а потом снова сбегал.

Эта весьма прискорбная психическая аномалия ушла в прошлое после того, как в середине четвертого десятка я женился на Дженни Тремейн. И все переменилось. Любовь, этот чудо-лекарь, если воспользоваться фразой Сильвии Плат, поставила меня на рельсы. Я начал жить по-настоящему, или, скорее, жизнь вернулась ко мне в полной мере; из юношеского опыта с Салли я уже давно должен был вынести одну простую вещь: хочешь обрести утраченных родителей — сделайся родителем сам. Лучший способ утешить брошенного и хнычущего где-то внутри ребенка — завести своих собственных детей и любить их.

И в тот самый момент, когда нужда в родителях отпала окончательно, я наконец нашел то, что искал, в лице тестя и тещи, Бернарда и Джун Тремейн. Вот только очага никакого не было. Когда я только-только с ними познакомился, они жили в разных странах и отношения между ними были, мягко говоря, прохладными. Джун давным-давно перебралась в отдаленный горный район на юге Франции, и болезнь уже принялась за нее всерьез. Бернард был этаким светским львом и свободное время по большей части проводил в ресторанах. С детьми они виделись редко. Со своей стороны, Дженни и двое ее братьев уже давно поставили на родителях крест.

От привычек, которые складываются годами, отказаться не просто. Дженни раздражала настойчивость, с которой я старался наладить дружеские отношения с Джун и Бернардом. Через несколько лет общения с ними я понял, что та эмоциональная пустота, то ощущение заброшенности и несвязанности ни с кем и ни с чем, от которого я страдал с восьми до тридцати семи лет, имело немаловажные последствия в психологическом плане: чувство преданности мне было чуждо, я ни во что не верил. И не то чтобы я был человеком сомневающимся, или из чистой рационалистически фундированной любознательности принял на вооружение такую полезную вещь, как скептицизм, или, скажем, видел веские доводы со всех сторон разом, — просто не было на свете такого славного дела, такого вечного принципа, такой фундаментальной идеи, с которой я был бы в состоянии себя идентифицировать, не существовало никаких трансцендентальных сущностей, в чье существование я мог бы искренне, страстно или тихо, для себя, поверить.

В отличие от Бернарда и Джун. Они оба начали как коммунисты, потом их дороги разошлись. Но их стремление верить во что-то ничуть не пошло на убыль. Бернард был талантливым энтомологом; всю свою жизнь он был предан скромным радостям научного мировоззрения, где каждый символ веры заранее обставлен массой осторожных оговорок; на место коммунизма пришла тридцатилетняя борьба за социальные и политические реформы. Джун уверовала в Бога в 1946 году, после встречи со вселенским злом, принявшим обличье двух черных собак. (Бернарду подобная логика развития событий казалась настолько нелепой, что он вообще отказывался говорить на эту тему.) Первородное зло — некая сила в делах человеческих, которая время от времени поднимается на поверхность, чтобы завладеть отдельными людьми и целыми народами и уничтожить их, а потом опять возвращается в небытие, чтобы дождаться следующего удобного случая; а отсюда всего один шаг и до противоборствующего, светозарного духа, милосердного и всевластного, бытующего в каждом из нас и доступного всем; скорее даже не шаг, но внезапное озарение. И оба этих принципа — она прекрасно это понимала — несовместимы с ее материалистическим мировоззрением. И она вышла из партии.

Как следует воспринимать этих черных собак — как всеобъемлющий символ, как удачно найденную ключевую фразу, как свидетельство ее легковерия или как проявление действительно существующей силы,— я сказать затрудняюсь. Я включил в эту книгу ряд эпизодов из собственной жизни, имевших место в Берлине, Майданеке, Ле-Сальс и Сан-Морис-де-Наваселль, которые вполне могут быть проинтерпретированы как в духе Бернарда, так и в духе Джун. Рационалист и мистик, комиссар и йог, активист и уклонист, ученый и интуитивист, Бернард и Джун суть крайние точки, полюса-двойняшки, по скользкой оси между которыми вьется мое собственное неверие и не находит покоя. Рядом с Бернардом я неизменно чувствовал, что в предложенной им картине мира не хватает какого-то важного звена и что ключик от этой загадки хранится у Джун. Его железный скептицизм, его несгибаемый атеизм настораживали меня чрезмерной самоуверенностью, сознательной ограниченностью, потому что на многое при таком подходе приходилось закрывать глаза. Но стоило мне поговорить с Джун, и я начинал мыслить как Бернард; я задыхался в густом чаду ее веры, и более всего не давала мне покоя свойственная всем верующим тихая убежденность в том, что они добродетельны просто в силу того, что верят именно в то, во что верят, что вера сама по себе есть заслуга верующего и, в свою очередь, неверие — факт прискорбный, а неверующий достоин жалости.

Бесспорно, рациональная мысль и духовное озарение представляют собой непересекающиеся области, и попытка их противопоставить изначально является ложной. Бернард и Джун частоговорили со мной о таких вещах, поместить которые в одно пространство попросту невозможно. Бернард, к примеру, был уверен в том, что не существует никаких предопределенностей, никаких структур, управляющих человеческими делами и судьбами,— за исключением тех, которые заданы самими же людьми. Для Джун эта идея была неприемлема; у жизни есть цель, и в наших же интересах двигаться ей навстречу. Признать, что правы оба, в равной степени бессмысленно. Верить во все разом, не делать выбора никогда и ни при каких обстоятельствах, с моей точки зрения, примерно то же самое, что не верить ни во что. Не знаю, в чем сейчас, на переломе тысячелетий, состоит главная беда нашей цивилизации: в избытке или в недостатке веры. Происходят ли главные наши несчастья от людей, подобных Бернарду и Джун, или же от людей, подобных мне. Но я бы соврал против собственного жизненного опыта, если бы усомнился в том, что любовь способна изменить и улучшить человеческую жизнь. Я посвящаю эту книгу воспоминаний моей жене Дженни, а еще Салли, моей племяннице, которая продолжает страдать от последствий того, что ей пришлось перенести в детстве. И пусть она тоже отыщет в конце концов свою любовь.

Я стал членом распавшейся семьи, в которой дети в целях самосохранения были вынуждены в какой-то мере повернуться спиной к собственным родителям. В этом гнезде я оказался этаким кукушонком, что доставило некоторые неприятности Дженни и ее братьям,— и за это я хочу попросить у них прощения. Я позволил себе кое-какие вольности, самая криминальная из которых заключается в пересказе разговоров, вовсе не предназначенных для посторонних ушей. Но с другой стороны, я крайне редко ставил окружающих или даже самого себя в известность о том, что я «при исполнении», вот и выходит, что некоторая доля несдержанности с моей стороны абсолютно необходима. И я надеюсь, что дух Джун и дух Бернарда тоже — если некая значимая часть его сознания, вопреки всем его убеждениям, все-таки осталась жить — не станут судить меня слишком строго.

Часть первая

■

Уилтшир

Фотография Джун Тремейн, стоявшая в рамке на тумбочке, должна была напоминать ей самой и ее посетителям о хорошенькой молодой женщине, чье лицо, в отличие от лица ее мужа, даже и намеком не выдавало, как и в какую сторону оно начнет меняться в будущем. Снимок был сделан в 1946 году, через пару дней после свадьбы и за неделю до того, как оба отправились в свадебное путешествие по Италии и Франции. Они стоят, взявшись за руки, возле перил у входа в Британский музей. Скорее всего, они вышли на обеденный перерыв, поскольку оба работают неподалеку, а уволились со службы и он и она буквально за несколько дней до отъезда. Они словно пытаются оставить между собой и краем фотографии как можно больше пустого пространства, потеснее прижавшись друг к другу. В объектив оба улыбаются с выражением совершенно искреннего восторга на лицах. Бернарда не узнать невозможно. В нем уже и тогда было под метр девяносто: огромные руки и ноги, добродушно выпяченная вперед челюсть и уши, как две ручки у кувшина, еще более забавные оттого, что стрижка у него армейская. Сорок три года нанесли ущерб вполне предсказуемый, не более того, да и то скорее по мелочам — волосы поредели, брови стали гуще, загрубела кожа,— тогда как по сути этот удивительный человек оставался все тем же неловким жизнерадостным великаном, как в 1946-м, так и в 1989-м, когда он попросил меня отвезти его в Берлин.

А вот лицо Джун отклонилось от предписанного направления (впрочем, как и вся ее жизнь), и на снимке практически невозможно обнаружить никакого сходства со старушечьим личиком, которое собирается в милостивую гримаску, когда ты входишь в ее палату. У двадцатипятилетней женщины на снимке было миловидное округлое лицо и озорная улыбка. Ее предотъездный перманент уложен слишком жестко, слишком чопорно и не идет ей совершенно. Весеннее солнышко выхватывает отдельные пряди, которые уже начали выбиваться на волю. На ней короткий жакет с прямыми, подбитыми ватой плечами и плиссированная юбка в тон — робкая послевоенная попытка выглядеть элегантно, которая в те годы именовалась «новым обликом». Блузка белая, с широким треугольным вырезом, который смело спускается аж до ложбинки между грудями. Воротничок откинут поверх жакета, что придает ей задорный вид девушки с плаката «Земледельческой армии» — этакая английская роза. С 1938 года она состояла членом Социалистического клуба велосипедистов Амершема. Одной рукой она прижимает к боку сумочку, другую просунула под локоть мужа. Она прислонилась к нему, так что ее голова, считай, лежит у него на плече.

Теперь эта фотография висит на кухне нашего дома в Лангедоке. Я часто ее рассматриваю, особенно когда остаюсь один. Дженни, моя жена, угадав во мне наклонность к присвоению чужой собственности, относится к моим восторгам в адрес ее родителей несколько раздраженно. Она потратила уйму времени на то, чтобы освободиться от них, и теперь ей кажется, что этот мой интерес к ним затягивает ее обратно,— и в этом она, конечно, права. Я подношу снимок поближе к глазам, пытаясь разглядеть приметы грядущей жизни, грядущей формы лица, ту целеустремленность, которая выросла из одного-единственного отчаянно-смелого поступка. Радостная улыбка прочертила крохотную складку на почти безукоризненно чистом лбу, прямо над тем местом, где сходятся брови. В грядущей жизни она станет доминирующей на этом изрытом морщинами лице — глубокая вертикальная складка, которая поднимется от переносицы и поделит лоб пополам. Может статься, я сам все это придумал: некую жесткость за улыбчивым выражением лица, скрытую в линии подбородка, твердость, убежденность, научно обоснованную веру в счастливое будущее; снимок был сделан в то самое утро, когда Джун и Бернард зарегистрировались в качестве членов Коммунистической партии Великобритании в штаб-квартире на Граттон-стрит.

Они уходят с работы и вольны теперь открыто заявить о своей преданности учению, которое за время войны перестало казаться единственно верным. Теперь, после того, как выяснилось, что линия партии может весьма существенно колебаться — чем же в итоге была эта война: благородной борьбой за свободу, против фашизма или предательской империалистической агрессией? — и некоторые товарищи положили партбилеты на стол, Джун и Бернард сделали решительный шаг. Кроме надежд на здравый и справедливый мир, в котором не будет войн и классового неравенства, ими движет надежда на то, что принадлежность к партии означает единение с силами разума, с теми, кто решителен и полон юношеской энергии. Они едут через Ла-Манш, чтобы окунуться в хаос Северной Европы, от чего их старательно пытаются отговорить. Но они полны решимости испытать те новые возможности, которые перед ними открылись — как в личном, так и в географическом плане. От Кале они двинутся на юг, навстречу средиземноморской весне. Мир изменился и перестал воевать, фашизм стал неопровержимым доказательством последнего, и окончательного, кризиса капитализма, долгожданная революция не за горами, а они молоды, влюблены друг в друга и только что поженились.

Бернард мучился несказанно, однако оставался в партии вплоть до советского вторжения в Венгрию в 1956 году. После чего решил, что сдать билет нужно было гораздо раньше. В его случае за сменой взглядов стояла четкая, с опорой на факты, логика, история разочарования, пережитого вместе с целым поколением.

А вот Джун продержалась всего несколько месяцев, до судьбоносной встречи во время свадебного путешествия, которая и дала название этой книге, и в ее случае речь может идти о глубоком внутреннем сломе, метемпсихозе, который со временем нашел выражение в изменившемся рельефе ее лица. Как это округлое лицо сумело так вытянуться? Неужели и вправду не гены, а именно жизнь позволила этой крохотной складочке над бровями, рожденной на свет благодаря улыбке, укорениться и прорасти целым кустом морщин, доходящих аж до линии волос? Когда ее собственные родители дожили до ее нынешних лет, у них подобных странностей не наблюдалось. Ближе к концу жизни, к тому времени, как она оказалась в доме престарелых, лицо ее сделалось похожим на лицо старого Одена. Может статься, долгие годы, проведенные под средиземноморским солнцем, действительно изменили структуру кожи, а годы одиночества и раздумий растянули черты ее лица, а затем сложили их заново, на новый лад. Нос тоже вытянулся вместе с лицом, как и подбородок,— а потом словно передумал и решил вернуться к прежнему положению вещей, искривив исходные формы. В состоянии покоя лицо у нее было точеное, как на надгробии: это была статуя, маска, вырезанная шаманом, чтобы держать под контролем злого духа.

Последняя фраза может на поверку содержать в себе зерна некой фундаментальной истины. Джун вполне была в состоянии сама вылепить себе такое лицо как напоминание себе и своим близким о том, в чем она была глубоко убеждена: что она пережила встречу с некой символической формой зла, и та испытывала ее на прочность. «Да нет же, олух. Вовсе не с символической.— Я слышу ее голос, она поправляет меня: — С буквальной, истинной, ясной, как божий день. Ты же прекрасно знаешь, что я и впрямь едва не погибла».

Я не знаю, так это было на самом деле или нет, но в памяти у меня отложилось, что каждый из моих немногочисленных визитов к ней в дом престарелых весной и летом 1987 года приходился на дождливый и ветреный день. Может быть, и день-то такой выдался всего один, а потом его разнесло на все остальные. Всякий раз, насколько я сейчас помню, мне приходилось бегом бежать к дому — викторианской загородной усадьбе — от парковки, разбитой слишком далеко, возле старых конюшен. Кроны каштанов ревели и ходили ходуном, нестриженую траву распластало по земле, серебристым исподом вверх. Я накидывал куртку на голову, и все равно успевал промокнуть насквозь, и злился на то, что впереди, судя по всему, очередное мерзкое лето. Я останавливался в холле, чтобы перевести дыхание и немного прийти в себя. Только ли в дожде все дело?

Я бы с радостью повидался с Джун, но само это место действовало мне на нервы. Здесь пахло унынием, и этот запах пробирал меня до костей. От панелей под дуб на всех без исключения стенах и от ковров, разрисованных красными и горчично-желтыми динамичными завитками, саднило в глазах. В затхлом воздухе, который в принципе не двигался из-за плотно запирающихся огнеупорных дверей, висела устойчивая композиция из запахов человеческого тела, одежды, духов и жареной пищи. От недостатка кислорода я начал зевать — и вообще, хватит ли у меня сил достойно выдержать этот визит? Может, лучше прокрасться тихонько мимо пустого стола в приемной и побродить по коридорам, пока не отыщется пустая комната с уже застеленной кроватью? И скользнуть под казенную простыню. Оформиться можно будет позже, после того, как меня разбудит сестра и привезет мне ужин на тележке с резиновыми колесиками. А потом я приму успокоительное и снова усну. Годы потекут мимо...

Меня передернуло, и я вспомнил, зачем сюда приехал. Подойдя к столу в приемной, я надавил ладонью на кнопку вызова. Еще одна нелепая и фальшивая нота — этот допотопный гостиничный звонок. Здесь пытались воссоздать атмосферу загородного пансионата, на поверку же вышло нечто вроде гигантской дешевой ночлежки, места, где баром называется запертый шкаф в столовой, который открывают в семь вечера ровно на час. А позади этих несогласных между собой образов маячила реальность — довольно прибыльное заведение, которому не хватает здорового цинизма, чтобы признать хотя бы на уровне текущей документации, что специализируется оно на уходе за безнадежно больными.

Набранная мелким шрифтом оговорка в полисе и неожиданная неуступчивость страховой компании лишили Джун возможности провести остаток дней в давно приглянувшемся ей хосписе. Все, что касалось ее возвращения в Англию (она вернулась за несколько лет до этого), было связано с какими-то осложнениями и неприятностями. После долгих мучений нам удалось в конце концов установить — при том, что по ходу дела врачи не раз меняли мнение,— что ее заболевание, довольно редкая форма лейкемии, неизлечимо. Отчаяние Бернарда, необходимость перевезти все ее пожитки из Франции и отделить действительно необходимые вещи от ненужного хлама, проблемы с деньгами, собственностью, жильем, судебный процесс против страховой компании, который пришлось прекратить, накладка за накладкой при продаже лондонской квартиры Джун, долгие автомобильные поездки на север к какому-то мутному старику, который, по слухам, умел лечить подобные вещи наложением рук,— в конце концов Джун послала его куда подальше, и он своими чудодейственными руками чуть было не надавал ей по физиономии. Первый год моей женатой жизни прошел как в чаду. Мы с Дженни, а также ее братья и друзья Бернарда и Джун оказались втянуты в некий водоворот, в безумно расточительную трату нервной энергии, которую мы принимали за вполне эффективную деятельность. И только когда Дженни в 1983 году родила нашего первенца Александра, мы с женой немного пришли в себя.

Объявилась дежурная медсестра и дала мне расписаться в книге для посетителей. Через пять лет Джун по-прежнему была жива. С тем же успехом она могла бы жить все это время в квартире на Тоттнем-Корт-роуд. И вообще ей следовало бы остаться во Франции. На процесс умирания, по словам Бернарда, у нее ушло столько же времени, сколько у нас всех, вместе взятых. Но квартира уже была продана, деньги вложены, и пространство, которое она сформировала вокруг остатков собственной жизни, закрылось, как раковина, заполненное нашими неустанными усилиями. Она предпочла остаться в доме престарелых, где и персонал, и ожидающие смерти постояльцы в равной мере утешались журналами, телевизионными викторинами и мыльниками, гулко отдающимися от гладких, без единой картинки, стен комнаты отдыха. Наши безумные усилия по ее обустройству на поверку оказались не более чем попыткой прятать голову в песок. Никто из нас не захотел задуматься над неудобным фактом. Никто, кроме Джун. После возвращения из Франции и до того, как было найдено подходящее учреждение, она поселилась у Бернарда и занялась книгой, которую надеялась перед смертью дописать до конца. Кроме того, она наверняка предавалась медитациям, которые описала в своей популярной брошюре «Десять медитаций». И с готовностью оставила необходимость решать практические вопросы на нашу долю. Когда выяснилось, что силы ее убывают значительно медленнее, чем предполагали врачи, она с не меньшей готовностью приняла на себя всю полноту ответственности за то, что остаток жизни ей предстоит провести в частной клинике «Каштановая роща». Она заявила, что здесь жизнь намного упростилась, и это ей нравится, и что одинокое существование в доме, населенном заядлыми телезрителями, вполне подходит ей и даже идет на пользу. Кроме того, такова ее судьба.

Что бы там ни говорил Бернард, но теперь, в 1987 году, она угасала на глазах. Днем она все чаще задремывала. Писала она теперь разве что заметки в записной книжке, да и то изредка, хотя тщательно это скрывала. Прогулки по заросшей тропинке через лес до ближайшей деревни канули в прошлое. Ей исполнилось шестьдесят семь лет. К сорока годам я только-только достиг того возраста, когда начинаешь отличать друг от друга разные стадии старения. Были времена, когда я не увидел бы ровным счетом никакой трагедии в том, что человеку под семьдесят и он болен и скоро умрет,— на что тут жаловаться, какой смысл цепляться за жизнь? Ты стар, тебе пора на тот свет. Теперь до меня стало доходить, что цепляться есть за что на любом этапе — и в сорок, и в шестьдесят, и в восемьдесят,— пока ты не потерпишь окончательного поражения, и что для эндшпиля шестьдесят семь лет не возраст. Джун многое не успела завершить. Она сделалась похожа на старушку откуда-нибудь с юга Франции — грубо высеченное, как у статуи с острова Пасхи, лицо под соломенной шляпкой, естественная властность неторопливых движений при утреннем обходе владений, послеполуденный сон в полном соответствии с местными нравами.

Пока я вышагивал по ковру, живо напоминавшему о разлитии желчи, который перетекал за порог приемной под противопожарной дверью из армированного стекла и далее по коридору, дабы занять любой доступный квадратный дюйм публичного пространства, мне снова пришла в голову мысль о том, сколь глубоко неприемлем для меня самый факт ее близкой смерти. Я был против, я отказывался соглашаться с этим. Она была моей приемной матерью, которую любовь к Дженни, семейная жизнь, судьба, в конце концов, подарили мне с тридцатидвухлетним запозданием.

Два с лишним года я наносил ей не слишком частые визиты — в одиночестве. Для Дженни двадцатиминутный разговор с матерью в приюте был равнозначен форсированному маршу, причем взаимно. Медленно, гораздо медленнее, чем следовало бы, из моих перескакивающих с предмета на предмет разговоров с Джун родилась идея написать книгу воспоминаний. Идея эта вызвала дружное неприятие со стороны всех прочих членов семьи. Один из братьев Дженни даже попытался отговорить меня от этой затеи. Меня заподозрили в том, что я хочу нарушить не слишком прочное перемирие, подняв на поверхность забытые ссоры. Дети никак не могли взять в толк, каким таким очарованием может обладать тема настолько утомительно привычная, как несходство между их родителями. Беспокоились они зря. Жизнь расставила все по своим местам, и на поверку оказалось, что с того момента, как мне удалось уговорить Джун рассказывать о прошлом более или менее системно, до конца осталось всего два визита, при том, что с самого начала у нас с ней были весьма несхожие представления относительно общей направленности будущей книги.

В хозяйственной сумке, которую я принес с собой, кроме личи с рынка в Сохо, монблановских черных чернил, тома «Дневника» Босуэлла за 1762—1763 годы, бразильского кофе и полудюжины плиток дорогого шоколада лежал мой блокнот. Ни о каких магнитофонах она даже и слышать не желала. У меня закралось подозрение, что ей просто хотелось иметь возможность время от времени проходиться на счет Бернарда, к которому она в равной мере испытывала любовь и раздражение. Он обычно звонил мне, как только ему становилось известно, что я снова был у нее.

— Ну что, молодой человек, как настроение?

Смысл этой фразы был следующий: ему хотелось знать, говорила она о нем или нет, а если говорила, то в каком ключе. Со своей стороны я был рад, что в моем кабинете не громоздятся коробки с пленками, полными компрометирующих свидетельств спорадической несдержанности Джун. К примеру, задолго до того, как возникла сама идея написать эту книгу воспоминаний, она как-то раз повергла меня в смущение, внезапно перейдя на полушепот и заявив, что ключом ко всем недостаткам Бернарда является то обстоятельство, что «он обзавелся слишком маленьким пенисом». Понимать ее буквально у меня не было никакого желания. В тот день она была очень на него сердита, а я, ко всему прочему, был совершенно уверен в том, что его пенис был единственным, какой она видела в жизни. Меня поразила конструкция фразы, молчаливое допущение, что исключительно упрямство помешало ее мужу заказать что-нибудь более подходящее у своего обычного поставщика с Джермин-стрит. В блокноте это замечание можно было закодировать скорописью. На пленке оно сразу превратилось бы в чистой воды предательство, в нечто такое, что следовало бы держать в шкафу под замком.

Словно для того, чтобы лишний раз подчеркнуть изолированность Джун от — выражаясь ее же словами — «прочих заключенных», ее комната находилась в самом конце коридора. Подойдя к двери, я замедлил шаг. Каждый раз я никак не мог до конца заставить себя поверить в то, что застану ее здесь, за одной из этих одинаковых фанерных дверей. Она должна была жить совсем в другом месте, там, где я впервые ее увидел, среди лаванды и самшита, на краю пустоши. Я легонько побарабанил по двери ногтями. Ей будет неприятно, если я застану ее спящей. Она предпочитала, чтобы, открыв дверь, посетитель обнаруживал ее среди книг. Я постучал сильнее. Послышался неясный шум, шепот, скрип пружин. Я постучал в третий раз. Пауза, потом она откашлялась, потом опять пауза — и она пригласила меня войти. Когда я открыл дверь, она только-только успела сесть прямо. Она смотрела на меня и не узнавала. Волосы всклокочены. Ее до сих пор окутывал сон, который сам был сплошь обернут плотным полотнищем болезни. Я подумал, что мне следовало бы выйти и дать ей прийти в себя, но было уже поздно. За те несколько секунд, которые потребовались мне, чтобы как можно медленнее подойти к кровати и поставить на пол сумку, ей пришлось восстановить из небытия целую вселенную: кто она такая и где сейчас находится, как и почему она оказалась в этой маленькой комнате с белыми стенами? И только освоившись со всем этим, она начала вспоминать, кто я такой. За окном немым суфлером отчаянно размахивал конечностями каштан. Впрочем, ему удалось разве что еще сильнее сбить ее с толку, поскольку сегодня на то, чтобы вынырнуть на поверхность, времени у нее ушло больше обычного. На кровати лежало несколько книг и листы белой бумаги. Она принялась вяло перебирать их, пытаясь выиграть время.

— Джун, это Джереми. Извини, я, кажется, пришел раньше, чем мы договаривались.

В единый миг она вспомнила все и тут же попыталась скрыть это за приступом не слишком убедительно разыгранной старческой сварливости.

— Да уж, ничего не скажешь. Я пыталась вспомнить и записать одну мысль, которая пришла мне в голову, а ты меня сбил.

Достоверность этого спектакля ни в малейшей степени ее не занимала. Мы оба прекрасно отдавали себе отчет в том, что авторучки у нее в руках нет.

— Давай я вернусь через десять минут?

— Перестань нести чушь. Теперь уже все равно ничего не вспомню. Да и мыслишка-то была так себе. Садись. Что ты мне принес? Про чернила не забыл?

Я пододвинул себе стул; она позволила себе улыбку, которую старательно сдерживала уже целую минуту. Губы, раздвинувшись, привели в движение пучки параллельных линий, которые обрамляли ее черты и закруглялись к вискам, — и лицо превратилось в сложный рисунок, похожий на отпечаток пальца. Посреди лба главный ствол этого морщинистого дерева превратился в глубокую борозду.

Я начал выкладывать свои покупки, и каждую она сопровождала шутливым замечанием или вопросом, который не требовал ответа.

— И почему, спрашивается, из всех народов на земле хороший шоколад научились делать именно швейцарцы? И с чего это на меня вдруг напала подобная страсть к личи? Может, я беременна?

Эти весточки из внешнего мира печали на нее не навевали. Она ушла из него целиком и полностью и, насколько я мог судить, без всякого сожаления. Это была страна, из которой она уехала навсегда и к которой сохранила разве что интерес, горячий и живой. Мне трудно было представить, как она смогла такое вынести — отказаться ото всего на свете, приговорить себя к здешней беспробудной тусклости: безжалостно вываренные овощи, глухой старческий клекот, полуобморочная страсть к телевидению. Прожив такую же насыщенную жизнь, как она, я бы, пожалуй, впал в панику или начал бы вынашивать планы побега один за другим. Однако из-за этого молчаливого, едва ли не безмятежного приятия всего происходящего общаться с ней было легко. Она свернула свой мир до размеров больничной койки, на которой читала, писала, медитировала, впадала в забытье. Она требовала одного: чтобы ее принимали всерьез.

В «Каштановой роще» это было не так просто, как может показаться на первый взгляд, и у нее ушел не один месяц на то, чтобы убедить в этом сестер и прочий обслуживающий персонал. Я до самого конца не верил, что ей это удастся, ибо вся власть профессионального соцработника основывается на снисходительном отношении к подопечным. Джун победила потому, что никогда не теряла самообладания и не превращалась таким образом в того самого ребенка, которого им хотелось в ней видеть. Она была само спокойствие. Если сестра входила к ней в комнату без стука (однажды я наблюдал эту сцену) и с порога принималась сюсюкать, Джун перехватывала взгляд барышни и излучала в ответ всепрощающее молчание. Поначалу ее провели по разряду трудных пациентов. Были даже разговоры о том, что в дальнейшем «Каштановая роща» не сможет с ней работать. Дженни и ее братья по этому поводу беседовали с директором. Джун в этом совещании участвовать отказалась. Она не собиралась никуда переезжать. Она вела себя уверенно и спокойно, поскольку обдумывать свои решения в одиночку и со всех возможных точек зрения привыкла уже много лет назад. Сперва она перетянула на свою сторону лечащего врача. Поняв, что перед

ним не очередная выжившая из ума старая переч-
ница, он начал беседовать с ней на темы, далекие
от лечебной практики,— о дикорастущих цветах,
в которых оба души не чаяли и в которых она прекрасно разбиралась. А следом в силу иерархической
природы медицинских учреждений изменилось и
отношение персонала.

Я воспринял это как триумф правильно выбран-
ной тактики: умело скрыв собственное раздражение, она выиграла партию. Но дело тут вовсе не в
тактике, объяснила она мне, когда я попытался по-
здравить ее с победой, дело в складе ума, который
она давным-давно позаимствовала из «Пути Дао»
Лао Цзы. Эту книгу она время от времени рекомен-
довала и мне, хотя всякий раз, как я пытался сунуть
в нее нос, тамошние напыщенные парадоксы неизменно вызывали во мне чувство раздражения: чтобы достичь цели, иди в противоположную сторону.

В тот раз она раскрыла свой собственный экземпляр и зачитала вслух:

— «Вне состязания и преодоления ведет Не-
бесный путь».

Я сказал:

— Ничего другого я и не ожидал.

— Иди ты. Вот лучше послушай: «Из двух сторон, взявшихся за оружие, победу одержит та, что
скорбит».

— Джун, чем больше ты читаешь, тем меньше я понимаю.

— Неплохо. Я еще сделаю из тебя философа.

Когда она удостоверилась, что я принес именно то, что она заказывала, я разложил по местам все покупки, кроме чернил, которые она держала на тумбочке. Тяжелая перьевая ручка, серовато-белая бумага для ксерокса и черные чернила были единственным напоминанием о ее былых буднях. Все остальное — ее изысканные лакомства, ее одежда — хранилось в специально отведенных местах, вне поля зрения. Кабинет в ее *bergerie** с видом на запад, на долину, уходящую к Сан-Прива, был в пять раз больше нынешней комнаты и с трудом вмещал все ее бумаги и книги, а кроме того, огромная кухня, где с потолочных балок свисают *jambons de montagne***, на каменном полу стоят оплетенные бутыли с оливковым маслом, а в буфетах время от времени устраивают гнезда скорпионы; гостиная, занявшая все пространство бывшего овечьего загона, в котором как-то раз после охоты на вепря собралось до сотни местных жителей; ее спальня с кроватью на четырех опорах и с французскими витражными окнами и гостевые спальни, по кото-

---

* *Букв.:* овчарня. Здесь: бывший пастушеский зимник, перестроенный в жилой дом *(фр.).*

** Копченые, с пряностями окорока *(фр.).*

рым с годами расползлись, растеклись, разбежались ее вещи; комната, где она готовила гербарии; в саду с оливковыми и абрикосовыми деревьями сторожка, где она держала садовый инвентарь, а рядом похожий на миниатюрную голубятню курятник — и все это сжалось, усохло до размеров одного-единственного книжного шкафа, высокого комода с одеждой, которую она не носила, сундука, куда никто не имел права заглядывать, и крохотного холодильника.

Распаковывая фрукты, моя их над раковиной и укладывая их вместе с шоколадом в холодильник, отыскивая место, *единственно* возможное место для кофе, я передал приветы от детей и вкратце пересказал то, что просила сообщить Дженни. Джун поинтересовалась, как там Бернард, но его я не видел со времени моего последнего визита к ней. Она наспех пригладила волосы и поудобнее подоткнула под себя подушки. Вернувшись к стулу у изголовья кровати, я снова обнаружил перед собой на тумбочке все ту же фотографию в рамке. Я бы, наверное, тоже влюбился в эту круглолицую красавицу с восторженной улыбкой и уставшими от жесткой укладки волосами, положившую руку на бицепс своего возлюбленного. Общая атмосфера невинности сообщает этому кадру особенное очарование, и невинность эта связана даже не столько с девушкой или с парой, сколько с самой тогдашней эпохой; даже размытые очертания головы и плеча удачно вписавшегося в кадр прохожего буквально лучатся невинностью и неведением, как и круглые лягушачьи глаза седана, припаркованного на первозданно пустынной улице. Невиннейшие времена! Десятки миллионов погибших, Европа лежит в руинах, о концентрационных лагерях до сих пор пишут в газетах в разделах новостей: они еще не успели стать общим местом наших рассуждений о врожденной порочности рода людского. Иллюзию невинности создает сам этот кадр. Ирония застывшего на полуслове рассказа заставляет персонажей забыть о том, что со временем они изменятся и умрут. Ключ к их невинности — в отсутствии будущего. Пятьдесят лет спустя мы взираем на них с божественным правом знать, что было дальше — на ком они поженились, кому и когда суждено умереть,— ни на секунду не задумываясь о том, кто и когда в один прекрасный день будет держать в руках наши собственные фотографии.

Джун перехватила мой взгляд. И, почувствовав себя откровенным мошенником, я потянулся за блокнотом и ручкой. Как и следовало ожидать, ей хотелось, чтобы результатом наших с ней трудов стала биография, и поначалу намерения у меня были точно такие же. Но как только я действительно взялся за работу, текст начал приобретать совершенно иную форму — не биографии и даже не мемуаров в более широком смысле слова, но скорее эссе, выстроенного вокруг биографического сюжета; она останется в центре повествования, но книга будет не о ней.

В прошлый раз отправной точкой для нас послужил именно этот снимок. Она смотрела на меня, смотрела, как я разглядываю фотографию, и ждала, когда я начну. Она сидела, подпирая голову рукой, указательный палец лишний раз подчеркивал долгую изогнутую линию подбородка. Вопрос, который мне действительно хотелось ей задать, формулировался следующим образом: как ты умудрилась из этого лица вырастить вот это, как тебе удалось добиться столь ошеломляющего эффекта — или жизнь сама постаралась за тебя? Господи, как же ты изменилась!

Вместо этого я сказал, не отрывая глаз от снимка:

— Жизнь Бернарда производит впечатление поступательно развивающегося сюжета, от стадии к стадии, тогда как твоя напоминает скорее этакий долгий процесс перерождения...

К несчастью, Джун сочла, что вопрос касается не ее, а Бернарда.

— Знаешь, о чем ему очень хотелось поговорить, когда он сюда приезжал месяц назад? О еврокоммунизме! За неделю до этого он встречался с какой-то итальянской делегацией. Жирные ублюдки в дорогих костюмах, которые угощаются за счет других людей. Он сказал, что настрой у него оптимистический! — Она кивнула в сторону фотографии.— Его ведь и вправду буквально распирало от энтузиазма. Совсем как нас обоих в те далекие времена. Так что поступательно развивающийся сюжет — это слишком лестное для него определение. Скорее полный застой. Стагнация.

Она прекрасно понимала, что передергивает. Бернард вышел из партии уже много лет назад, он был членом парламента от лейбористов, он вращался в высших политических кругах, он всеми силами отстаивал либеральные традиции, входил в правительственные комитеты по средствам массовой коммуникации, по экологии, по борьбе с порнографией. Что действительно вызывало резкое неприятие со стороны Джун, так это его рационализм. Но в эти проблемы я сейчас вдаваться не имел никакого желания. Я хотел, чтобы она ответила на мой вопрос, тот самый, что я так и не решился задать вслух. Я сделал вид, что согласен с ней.

— Да, трудно представить, чтобы тебя нынешнюю подобные вещи приводили в экстаз.

Она откинула голову назад и закрыла глаза — поза долгой раздумчивости. Мы уже не раз и не два говорили об этом: о том, как и почему Джун резко изменила стиль жизни. И всякий раз картина получалась несколько иная.

— Ну что, поехали? Все лето тысяча девятьсот тридцать восьмого года я провела в гостях у одной семьи во Франции, неподалеку от Дижона. Веришь или нет, но бизнес у них и впрямь был связан с горчицей. Они научили меня готовить и убедили в том, что на всей планете нет места прекраснее, чем Франция. Юношеская убежденность, с которой я до сей поры так и не смогла расстаться. Вернулась я к самому своему дню рождения, мне исполнилось восемнадцать лет, и в подарок я получила велосипед, новенький, красоты немыслимой. Велосипедные клубы тогда еще не успели выйти из моды, и я тоже вступила в один такой, в Социалистический клуб велосипедистов Амершема. Очень может быть, что мне просто захотелось шокировать моих чопорных родителей, хотя, собственно, никаких возражений на сей счет с их стороны я не помню. По выходным мы, человек двадцать, давили педали по дорогам Чилтерн-Хиллз или катили себе вниз под горку, к Тейму и Оксфорду. У нашего клуба были контакты с другими клубами, а те, в свою очередь, — некоторые из них — были связаны с коммунистической партией. Не знаю, стоял ли за всем этим какой-то особый план, заговор, нужно, чтобы кто-нибудь провел исследование на эту тему. Но в конечном счете как-то так само собой получилось, что эти клубы стали вербовочными пунктами, которые обеспечивали партию свежими кадрами. Никто и никогда не вел со мной пропагандистской работы. Никто не стоял за спиной и не нашептывал на ухо. Я просто оказалась в хорошей компании, где люди были веселые и умные, а разговоры можешь сам себе представить — о том, что у нас в Англии не так, о страданиях и несправедливости, о том, как все это можно исправить и как в Советском Союзе сумели решить эту задачу. Что делает Сталин, что говорил Ленин, что написали Маркс и Энгельс. А еще там ходили всякие слухи. Кто уже состоит членом партии, кто успел побывать в Москве, каково это, когда вступишь в ряды, кто из наших знакомых уже об этом подумывает и так далее.

А болтали мы об этом весело и непринужденно, покуда колесили по проселкам, или ели сэндвичи на живописных тамошних холмах, или останавливались в каком-нибудь деревенском пабе, чтобы выпить снаружи, под тентом, свои полпинты шенди*. И с самого начала партия и ее высокие идеалы, все эти заклинания насчет общественной собственности на средства производства, исторической миссии пролетариата, неминуемого отмирания всего, что неминуемо должно отмереть, и так далее и тому подобное было для меня неотъемлемо от бу-

---

* Смесь обычного темного пива с имбирным.

ковых лесов, пшеничных полей, солнечного света
и плавного движения вниз по склонам холмов, по
проселочным дорогам, как по туннелям, прорытым сквозь лето. Коммунизм, страстная любовь к
природе, ну и конечно, интерес к паре симпатичных пареньков в шортах — все смешалось воедино,
и смесь, понятное дело, вышла более чем возбуждающая.

Пока я записывал, мне пришла в голову не слишком благородная мысль: а не используют ли меня
сейчас в качестве некоего проводника, медиума, посредством которого Джун пытается придать своей
жизни окончательную завершенность? И мысль
эта помогла мне избавиться от неудобного ощущения, что биографии, на которую она рассчитывает, в конечном счете не выйдет.

Джун продолжала. Эту часть повествования она
явно успела обдумать от и до.

— С этого все и началось. Через восемь лет я
окончательно вступила в партию. И как только это
произошло, тут все и кончилось — то есть это было началом конца.

— Дольмен.

— Так точно.

Только что мы перескочили через восемь лет,
через всю войну, с тридцать восьмого по сорок шестой. Обычное дело в наших с ней разговорах.

На обратном пути через Францию, ближе к концу их медового месяца, Бернард и Джун отправились в долгую пешеходную прогулку через сухое известняковое плато под названием Косс-де-Ларзак. Они наткнулись на древний погребальный комплекс, известный как дольмен де ля Прюнаред, в паре миль от деревни, где собирались остановиться на ночлег. Дольмен стоит на холме, у самого края глубокой долины реки Вис, и ближе к вечеру молодая пара просидела там пару часов, глядя на север, в сторону Севеннских гор, и обсуждая будущее. С тех пор мы все там побывали в разное время. В 1971-м Дженни встречалась там с местным пареньком, дезертировавшим из французской армии. В середине восьмидесятых мы с Бернардом и детьми устроили там пикник. Однажды мы отправились туда вдвоем с Дженни, чтобы разрешить кое-какие супружеские проблемы. Да и в одиночестве посидеть у дольмена тоже бывает очень неплохо. Это место давно уже стало чем-то вроде семейной реликвии. Обычно дольмен представляет собой изъеденную временем каменную плиту, водруженную на две вертикально стоящие каменные плиты, так что получается нечто напоминающее массивный каменный стол. На здешних плато подобных памятников немало, но только один из них — дольмен.

— О чем вы говорили?

Она раздраженно взмахнула рукой:

— Не перебивай меня. У меня была какая-то мысль, которая должна была связать все воедино. Ах да, вспомнила. Говоря об этом велосипедном клубе, следует учесть, что коммунизм и моя любовь к природе были в те времена неразрывны. Я думаю, их можно провести по ведомству тех романтических, идеалистических чувств, которые все мы испытываем в этом возрасте. И вот я оказалась во Франции, и пейзаж здесь совсем другой, по-своему куда более прекрасный, чем в Чилтернских холмах, более величественный, дикий, даже немного пугающий. Я была рядом с любимым, мы наперебой твердили о том, как собираемся внести свой вклад в переустройство мира, и путь наш лежал к дому, где жить мы станем вместе. Я даже, помнится, подумала, что еще никогда в жизни не была так счастлива. Вот о чем я!

Но, знаешь, что-то все-таки было не так, словно тень залегла. Пока мы там сидели, а солнце спускалось все ниже и свет становился поистине волшебным, я все думала: а ведь я совсем не хочу возвращаться домой, я, наверное, хотела бы остаться здесь. И чем больше я смотрела через долину, через Косс-де-Бланда, в сторону гор, тем отчетливее осознавалось очевидное, что по сравнению с древностью, красотой и мощью этих гор политика — это такая мелочь! Человечество появилось на свет совсем недавно. Вселенной нет дела до судеб пролетариата! И тут я испугалась. Всю свою недолгую взрослую жизнь я цеплялась за политику — она дала мне друзей, мужа, смысл жизни. Я так хотела вернуться в Англию, и вдруг на тебе — сижу здесь и чувствую, что лучше бы мне остаться здесь, в этих негостеприимных и диких местах.

А Бернард все говорил и говорил, и я, конечно, тоже принимала в этом разговоре участие. Но душа у меня была не на месте. А что, если ни то ни другое вовсе не мое — ни политика, ни эта пустошь? А что, если единственное, что мне по-настоящему нужно, это уютный дом и ребенок, о котором я могла бы заботиться? Я тогда совсем запуталась.

— И ты...

— Я еще не закончила. Было еще кое-что. Хоть мне и досаждали беспокойные мысли, но там, на дольмене, я *действительно* была счастлива. Ничего мне было не нужно, хотелось только сидеть молча и смотреть, как багровеют горы, дышать этим шелковистым вечерним воздухом и знать, что Бернард делает все то же самое, чувствует все то же самое. Но тут была еще одна сложность. Ни тебе тишины, ни покоя. Мы очень переживали — и подумать только, из-за чего! — из-за предательства реформистски ориентированных социал-демократов, из-за тяжелых условий жизни городских низов — из-за людей, которых мы в глаза не видели и которым при всем желании в данный момент ничем не могли бы помочь. Жизнь каждого из нас достигла кульминационной точки — это святилище пятитысячелетней давности, наша любовь, игра закатных лучей, колоссальное пространство, лежащее перед нами, — а мы оказались не в состоянии этого понять и оценить. Мы не смогли освободить себя для настоящего и вместо этого думали о том, как освободить других людей. Нам хотелось думать о том, как они страдают. Их беды служили нам ширмой, за которой не будет видно наших собственных бед. А главная наша беда заключалась в том, что мы не могли со спокойной совестью принять все то простое и хорошее, что давала нам жизнь, и радоваться. Политика, идеалистическая политика, озабочена только будущим. Я потратила целую жизнь на то, чтобы понять, что в тот самый момент, когда ты целиком и полностью погружаешься в настоящее, ты обретаешь беспредельное пространство, бесконечное время, если угодно, Бога.

Она увлеклась и ушла в сторону от основной своей темы. Ей хотелось говорить не о Боге, а о Бернарде. Она спохватилась:

— Бернарду кажется, что уделять слишком много внимания настоящему — значит потакать собственным слабостям. Чушь собачья. Сидел он хоть раз в тишине и покое, думал о своей жизни, о том, какое влияние она оказала на жизнь Дженни? Или о том, почему он не способен жить один и вынужден держать при себе эту женщину, эту так называемую экономку? Он сам для себя совершенно непроницаем. У него есть факты и цифры, есть телефон, который трезвонит с утра до вечера, он вечно летит куда-то, потому что у него назначена встреча, или заседание, или еще что-нибудь в этом роде. Ему незнакомо чувство трепетного восторга перед красотой бытия. Он не умеет и не может молчать и потому ничего и ни о чем не знает. Я ответила на твой вопрос: как может человек, настолько востребованный, пребывать в состоянии стагнации? Ведь он скользит по поверхности, мелет целыми днями напролет чушь насчет того, как все было бы здорово, если бы все расставить по своим местам, а сам так и не научился ничему действительно важному, понимаешь?

Она устала и откинулась на подушки, запрокинув вверх свое длинное лицо. Дышала она глубоко и ровно. Мы уже несколько раз говорили о том вечере у дольмена, как правило, в качестве прелюдии к поворотным событиям следующего дня. Она злилась и от осознания того, что я это вижу, злилась еще сильнее. Она потеряла контроль над собой. Она знала, что нарисованная ею только что картина жизни Бернарда — выступления на телевидении, публичные дискуссии на радио, обычная жизнь активно действующего политика — запоздала на десять лет. Имя Бернарда Тремейна давно уже было не на слуху. Он сидел дома и тихо работал над книгой. Теперь ему звонили разве что родственники да горстка старых друзей. Одна из его соседок приходила на три часа в день, чтобы прибраться в квартире и приготовить еду. Жалко было смотреть, как Джун к ней ревнует. Те идеи, на которых Джун выстроила всю свою жизнь, служили мерилом расстояния между ней и Бернардом, и если идеи эти вдохновлялись поиском истины, то частью этой истины была горечь от разочарования в любви. Сколь многое способны выдать неясности и преувеличения!

Впрочем, ни раздражения, ни неприязни это у меня не вызвало, и мне захотелось сказать ей об этом. Наоборот, я как-то вдруг проникся к ней. Возбужденное состояние Джун успокаивало меня, сообщало уверенность в том, что человеческие отношения, сколь угодно сложные и запутанные, продолжают оставаться значимыми, что былая жизнь и былые горести никуда не уходят и что до самого конца черта не будет подведена, не придет пора холодного, как могила, отчуждения.

Я предложил сделать ей чаю, и она изъявила согласие, чуть оторвав от простыни палец. Я пошел к раковине, чтобы набрать воды в чайник. Дождь за окном прекратился, но ветер не стих, и крохотная старушка в бледно-голубом кардигане шла через лужайку, опираясь на раму-ходунок. Казалось, вот сейчас налетит очередной порыв ветра, чуть более сильный, чем прежде, и ее унесет прочь. Она добралась до притулившейся у стены клумбы и опустилась на колени перед своей рамой, как перед алтарем. Встав на колени, она отодвинула раму в сторону и достала из одного кармана кардигана чайную ложечку, а из другого — горсть луковиц. Она принялась ковырять ложкой лунки и вдавливать в них луковицы. Еще несколько лет назад я бы не увидел в том, что она делает, ровным счетом никакого смысла — в ее-то возрасте! — я бы понаблюдал за этой сценой и прочел ее как наглядную иллюстрацию к тезису о тщете человеческого существования. Теперь же я просто стоял и смотрел.

Я вернулся с чашками к изголовью кровати. Джун села и принялась беззвучно прихлебывать обжигающе горячий чай. Как-то раз она сказала мне, что этой манере ее научила в школе наставница по этикету. Она ушла в свои мысли и на разговор сейчас явно настроена не была. Я открыл блокнот со скорописью и принялся подправлять значки то там, то здесь, чтобы потом они читались легче. Затем мне пришла в голову мысль, что в следующий раз, как я окажусь во Франции, нужно будет непременно сходить к дольмену. Можно будет начать маршрут от *bergerie,* подняться на плато по Па-де-ль'Азе и идти дальше на север часа три или четыре — ранней весной, когда цветут полевые цветы и целые луговины сплошь усеяны дикими орхидеями, красота в тех местах неописуемая. Я посижу на камне, посмотрю на знакомый вид и подумаю, что и как делать дальше.

Веки у нее начали подрагивать, и я взял у нее из рук чашку и блюдце и поставил их на тумбочку ровно за секунду до того, как она уснула. Она уверяла, что причиной этих внезапных провалов в небытие служит вовсе не усталость. Они были частью общего болезненного состояния, неврологической дисфункцией, результатом несбалансированного выброса допамина. По ее словам, эти нарколептические состояния накатывали на нее внезапно, и сопротивляться им не было никакой возможности. Как будто набрасывают на голову одеяло, сказала она мне как-то раз, но когда я передал эти слова ее лечащему врачу, он пристально посмотрел на меня и едва заметно покачал головой, причем сам этот жест был как предположение, что я нарочно ей подыгрываю.

— Она больна,— сказал он,— и очень устала.

Ее дыхание выровнялось, превратившись в цепочку ровных неглубоких вдохов и выдохов, морщинистое дерево на лбу слегка разгладилось, утратив часть прихотливых ответвлений, как будто пришла зима и оголила ветви. Ее пустая чашка отчасти заслонила от меня фотографию. Какие все-таки перемены случаются с людьми! Я был еще достаточно молод и еще мог удивляться им. Там, на карточке, не исчерченная знаками кожа, хорошенькая округлая головка на фоне Бернардова плеча. Я знал их только в этой, поздней стадии их жизни, но тем не менее испытывал нечто вроде ностальгии по той далекой и недолгой эпохе, когда Бернард и Джун были вместе безоглядно и без всяких сложностей. Пока не настала осень. Общее ощущение невинности, исходящее от этого снимка, отчасти объяснялось этим обстоятельством — их неведением относительно того, какой долгий срок им придется провести в этом странном состоянии, когда один без другого не может, но не может при этом скрыть и своего раздражения на его счет. Джун раздражала кошмарная духовная бедность Бернарда и «врожденная неспособность серьезно относиться к жизни», его зашоренный рационализм, его тупая убежденность в том, что «противу всякой очевидности» разумная социальная инженерия способна избавить человечество ото всех его бед, от предрасположенности к насилию. Бернарда раздражал предательский отказ Джун от социальной ответственности, ее «эгоистический фатализм» и «безграничное легковерие». Какие страдания причинял ему растущий год от года список того, во что верила Джун: в единорогов, лесных духов, ангелов, медиумов, в самолечение, коллективное бессознательное, в «Христа внутри нас».

Однажды я спросил Бернарда об их первой встрече с Джун, которая произошла еще во время войны. Что в ней его привлекло? Он не помнил никакой первой встречи. В начале 1944 года он постепенно начал замечать, что раз или два в неделю в его офис в Сенат-хаусе заходит молодая женщина, чтобы сдать переведенную с французского документацию и забрать очередную порцию работы. В отделе Бернарда читать по-французски могли все, да и материалы, которыми она занималась, особой важностью не отличались. Он не видел в ней никакой пользы, а потому и не замечал. Ее попросту не существовало. Потом он услышал, как кто-то назвал ее красивой, и в следующий раз пригляделся попристальнее. Он начал ощущать разочарование в те дни, когда она не появлялась, и испытывать совершенно идиотское счастливое чувство, когда появлялась. Затеяв с ней наконец какой-то не слишком складный, через пень-колоду, разговор на общие темы, он обнаружил, что ему с ней легко. Он был заранее убежден, что красивая женщина не станет болтать о пустяках с долговязым и лопоухим молодым человеком вроде него. Но на поверку оказалось, что он ей как будто даже нравится. Они пообедали вместе в кафе Джо Лайонза на Стрэнде, где его нервическое состояние вылилось в чересчур громогласные рассуждения о социализме и о насекомых — он был энтомолог-любитель. Потом он поразил своих коллег, уломав ее сходить с ним на вечерний сеанс — да нет, что это был за фильм, он не помнит — в кинотеатр на Хеймаркете, где набрался смелости ее поцеловать — сперва в тыльную сторону ладони, этакой пародией на старомодный любовный роман, потом в щеку, а потом и в губы, по нарастающей, в головокружительной прогрессии. И весь этот процесс, от незначащей беседы до целомудренных поцелуев, уложился менее чем в четыре недели.

А вот что помнила Джун: она работала переводчиком-синхронистом и время от времени переводила кое-какую официальную документацию, и вот как-то раз, унылым зимним днем, после обеда, она зашла по делу в Сенат-хаус. Дверь в офис, соседний с тем, куда она направлялась, была открыта; проходя мимо, она туда заглянула и увидела сухопарого молодого человека с довольно необычным лицом, который неловко раскорячился на деревянном стуле, положив ноги на стол и углубившись в книгу, на вид чрезвычайно серьезную. Он поднял голову, на секунду встретился с ней взглядом и вернулся к прерванному чтению, тут же о ней забыв. Она помешкала у его двери, сколько позволяли приличия — буквально несколько секунд,— и глядела на него жадно, не отрываясь, делая при этом вид, будто пытается что-то отыскать в желтом конверте из плотной бумаги. К большей части тех молодых людей, с которыми ей до сей поры доводилось встречаться, она заставляла себя относиться с симпатией. Этот же понравился ей с первого взгляда. Он был «в ее вкусе» — теперь она смогла наконец до конца прочувствовать смысл этой фразы, неизменно вызывавшей в ней ранее смутное раздражение. Он явно был умен — в этом отделе других не держали,— а еще ей понравилась его угловатая великанская фигура, его большое доброе лицо и тот возмутительный факт, что он посмотрел на нее и не заметил. Очень немногие мужчины были на такое способны.

Она изобретала предлоги, чтобы зайти к нему в офис. Она вызывалась доставить бумаги, которые должны были доставлять другие девушки из ее отдела. Чтобы хоть как-то там задержаться, а также по той причине, что Бернард никак не желал смотреть в ее сторону, ей пришлось закрутить флирт с одним из его коллег, унылым молодым человеком родом из Йоркшира, с прыщавым лицом и высоким голосом. Однажды она нарочно налетела на стол Бернарда, чтобы разлить его чай. Он нахмурился и, не отрываясь от книги, промокнул лужицу носовым платком. Она приносила ему пакеты, адресованные другим людям. Он вежливо указывал ей на допущенную ошибку. Йоркширец написал ей письмо, этакий вопль одинокой страдающей души. Он не надеется, что она выйдет за него замуж, гласило его послание, хотя возможности подобной и не исключает. Но он надеется, что они станут самыми близкими друзьями, насколько это вообще возможно, как брат и сестра. Она поняла, что действовать нужно без промедления.

Тот день, когда она собралась с духом и вошла в офис с твердым намерением заставить Бернарда вывести ее куда-нибудь пообедать, совпал с днем, когда он решил получше к ней присмотреться. Его взгляд был настолько откровенным, настолько бесхитростно хищным, что, подойдя к его столу, она едва не упала в обморок. В углу скалился во весь рот и переминался с пяток на носки ее несостоявшийся брат. Джун положила пакет и удрала. Но теперь она была уверена в том, что заполучила своего мужчину; теперь стоило ей войти в комнату, и челюсть у Бернарда принималась ходить ходуном, пока он пытался придумать тему для разговора. И потребовалось разве что чуть-чуть подтолкнуть его в нужном направлении, чтобы ланч у Джо Лайонза наконец состоялся.

Мне представляется довольно странным, что они никогда не пытались сопоставить воспоминания о тех самых первых днях. Джун наверняка получила бы от несовпадений массу удовольствия. Они в полной мере подтвердили бы ее позднейшие предвзятые суждения о Бернарде: он не дает себе труда лишний раз задуматься, он даже понятия не имеет о тонких материях, что составляют истинную суть той самой реальности, которую он, по его мнению, понимает и контролирует от и до. Тем не менее сообщать версию Бернарда Джун и версию Джун — Бернарду я не собирался. Я пользовался доверием обеих сторон, но две эти линии намеревался вести по раздельности, и это было скорее мое решение, нежели их собственное. Ни тот ни другой так до конца и не поверили в мою полную беспристрастность, и в ходе наших бесед я то и дело ловил своего визави на том, что он пытается использовать меня в качестве средства доставки — эмоций ли, посланий. Джун очень хотелось бы, чтобы я хотя бы пару раз от души прошелся по Бернарду — по его видению мира, ни больше ни меньше, по его легкомысленной жизни, сплошь состоящей из выступлений по радио и приходящих экономок. Бернард был бы не против, если бы я передал Джун не только чисто иллюзорное представление о том, что и без нее он прекрасно себя чувствует, но и то, насколько он, несмотря на ее очевидное безумие, к ней привязан, тем самым избавив его от очередного визита к ней или, по крайней мере, подготовив для этого почву. Едва увидав меня, каждый из них пытался выудить, выманить нужную информацию, подбрасывая мне провокационные утверждения, кое-как замаскированные под вопросы. Бернард: «Врачи до сих пор держат ее на успокоительных? Она опять трещала обо мне без умолку? Как тебе кажется, ее ненависть ко мне — это навсегда?» И Джун: «Он что-нибудь говорил о миссис Биггз (то есть об экономке)? А с мыслью о самоубийстве он уже перестал носиться?»

Я был уклончив. Ни ту ни другую сторону утешить мне было решительно нечем; кроме того, они могли легко созвониться или даже встретиться в любое время, стоило только захотеть. Подобно молодым, лопающимся от нелепой гордыни любовникам, они держали себя в ежовых рукавицах, свято веря, что тот, кто первым снимет трубку, распишется в слабости, в достойной презрения эмоциональной зависимости от другого.

Джун вынырнула из пятиминутного забытья и увидела перед собой лысеющего мужчину с мрачным выражением лица и с блокнотом на коленях. Где она? Кто этот человек? Что ему нужно? Это паническое, до ужаса в расширившихся зрачках, удивление передалось и мне, сковав меня по рукам и ногам, и я не сразу нашелся что сказать, чем ее успокоить, а когда нашелся, запутался в первых же двух словах. Но прежде чем я успел справиться с замешательством, причинно-следственные связи уже восстановились у нее в голове, она вспомнила свою историю и своего зятя, который пришел эту историю записать.

Она откашлялась.

— На чем я остановилась?

Мы оба знали, что она только что заглянула в пропасть, в исполненную бессмысленности бездну, где вещи лишены имен и связей, и что это напугало ее. Напугало нас обоих. Признаться себе в этом мы не решались, или, скорее, я не решался, покуда не признается она.

Теперь она вспомнила, на чем остановилась, вспомнила, что будет дальше. Но в ходе той скоротечной психической драмы, которая сопутствовала ее пробуждению, я поймал себя на том, что готовлюсь к встрече с неизбежным и ненужным напоминанием про «следующий день». Мне бы хотелось отвлечь ее, переключить на что-нибудь другое. Про «следующий день» мы говорили уже раз шесть, не меньше. Это была часть семейного фольклора, история, отполированная до блеска, которую не столько помнили, сколько повторяли наизусть, как заученную в детстве молитву. Много лет назад я услышал ее в Польше, едва познакомившись с Дженни. Я много раз слышал ее от Бернарда, которого в самом строгом смысле слова даже свидетелем назвать было нельзя. Эту историю едва ли не по ролям разыгрывали на Рождество и на других семейных празднествах. С точки зрения Джун, она должна была стать ключевым эпизодом всей книги, так же как это произошло и в ее собственной жизни,— определяющим, поворотным моментом, явлением новой истины, в свете которой ей пришлось пересмотреть все прежние суждения и планы. Это была история, где буквальное соответствие реальным событиям представлялось куда менее важным, чем та функция, которую она выполняла сама по себе. Это был миф, опиравшийся на реальные факты и оттого еще более властный. Джун убедила себя в том, что «следующий день» объясняет все на свете: почему она вышла из партии, почему их с Бернардом отношения разладились навсегда, почему она пересмотрела собственные взгляды, рационалистические и материалистические, почему она прожила жизнь именно так, а не иначе, именно там, где жила, и мыслить начала совершенно иначе, чем прежде.

Я в семье был человеком сторонним, и, с одной стороны, меня легко было ввести в заблуждение, а с другой — я сохранял скептическую трезвость мысли. Поворотные моменты суть изобретения повествователей и драматургов, механизм, необходимый в тех случаях, когда жизнь сводится к сюжету и понимается через него, когда из последовательности событий нужно дистиллировать мораль, когда публику нужно распустить по домам с ощущением чего-то незабываемого — дабы отметить свершившийся внутренний рост. Увидев свет, момент истины, поворотный пункт, мы с готовностью заимствуем все необходимое у Голливуда или у Библии, пытаясь задним числом создать ощущение перегруженной культурной памяти. «Черные собаки» Джун. Сидя здесь, у ее изголовья, с блокнотом на коленях, имея уникальную возможность заглянуть в открывшийся ей вакуум, разделить ее чувство головокружения, я счел этих полумифических тварей слишком удобными для поставленной цели. Очередная рецитация знаменитого семейного анекдота прошла бы чересчур гладко.

Должно быть, погрузившись в сон, она немного сползла с подушки. Она предприняла попытку подняться повыше, но запястья у нее были слишком слабые, а рукам в постели не на что было как следует опереться. Я собрался встать и помочь ей, но она с ворчанием отмахнулась от меня, перекатилась на бок, лицом ко мне, и подперла голову свернутым углом подушки.

Я начал понемногу. Не гадко ли это с моей стороны? Мысль эта не давала мне покоя — но я уже начал.

— А не кажется тебе, что мир может оказаться вполне в состоянии примирить твой способ видеть вещи и то, как смотрит на них Бернард? Что плохого в том, что в то время, как некоторые из нас заняты самосовершенствованием, другие занимаются обустройством этого мира? Цивилизация обязана своим рождением на свет тяге к многообразию — разве не так?

Последний, чисто риторический вопрос добил Джун окончательно. Маска серьезной сосредоточенности исчезла с ее лица, и она расхохоталась. Лежать она уже просто не могла. Она снова попыталась устроиться повыше, на сей раз успешно, роняя фразу за фразой в перерывах между приступами смеха.

— Джереми, голубчик, ты меня когда-нибудь просто уморишь. Надо же удумать этакую чушь! Тебе слишком сильно хочется быть хорошим и чтобы все тебя любили и любили друг друга... Ну, слава богу!

Ей наконец-то удалось сесть прямо. Туго обтянутые кожей руки, руки садовника, сцеплены вместе поверх простыни; она смотрит на меня с едва заметной улыбкой. Или — с материнским состраданием?

— Так отчего же мир тогда *не становится* лучше? У нас ведь есть и бесплатная медицинская помощь, и зарплата растет, и количество автомобилей, и телевизоров, и электрических зубных щеток на среднестатистическую семью. Почему люди несчастливы? Может быть, во всех этих улучшениях чего-то не хватает?

Теперь, когда надо мной столь откровенно смеялись, я почувствовал себя свободно. И тон у меня сделался более жестким:

— Так что же, современный мир — духовная пустыня? Даже если эта банальность и соответствует действительности, как насчет тебя, Джун? Почему ты-то несчастлива? Всякий раз, как я сюда прихожу, ты изо всех сил стараешься мне продемонстрировать, что ты — до сих пор! — злишься на Бернарда. Почему тебя это беспокоит? Какая тебе сейчас-то разница? Оставь его в покое. А тот факт, что сделать этого ты не можешь и не хочешь, характеризует твои собственные методы не самым лучшим образом.

Может, я слишком увлекся? Пока я говорил, Джун смотрела в пустоту, куда-то в сторону окна. Тишину нарушали только ее протяжные вдохи; потом еще более натянутая тишина и шумный выдох. Она перевела взгляд на меня.

— Ты прав. Конечно же, ты прав...— Она помолчала, чтобы собраться с мыслями.— Все, что я делала и что представляло какую-либо ценность, мне приходилось делать в одиночку. В те времена я, в общем-то, и не возражала. Я была в ладу с самой собой — и, кстати, счастливой быть я и не рассчитывала. Счастье — вещь случайная и быстротечная, как летняя молния. Но мира в собственной душе я достигла, и все эти годы мне казалось, что в одиночестве моем нет ничего плохого. У меня же есть семья, друзья, ко мне приезжают люди. Я радовалась, когда они приезжали, и радовалась, когда уезжали. Но вот теперь...

Провокация сработала: от воспоминаний она перешла к исповеди. Я перевернул в блокноте свежую страницу.

— Когда мне объяснили, насколько серьезно я больна, и я приехала сюда, чтобы уже не выходить отсюда до самой смерти, одиночество начало представляться мне моей единственной и самой большой за всю жизнь неудачей. Колоссальной ошибкой. Если ты намерен прожить хорошую жизнь, какой смысл делать это в одиночку? Как представлю все эти годы, прожитые во Франции, иногда возникает такое ощущение, будто ветер дует в лицо, холодный и сильный. Бернард считает меня тупой оккультисткой, а я его — комиссаром с рыбьими глазами, который расстрелял бы нас всех, если бы именно такую цену нужно было заплатить за построение

Царствия Небесного на земле, причем сугубо материального,— вот тебе история нашей семьи, повод для семейных шуток. На самом деле мы любим друг друга, и никогда не прекращали. Мы друг другом просто одержимы. И ничего путного с этим сделать так и не смогли. Проворонили жизнь. И от любви отказаться были не в силах, и смириться перед ее властью не захотели. Проблему эту поставить и понять несложно, но мы в свое время просто не захотели ни ставить ее, ни понимать. Никто не сказал: смотри, мы испытываем такие-то и такие-то чувства, так что же нам с этим делать? Нет же, одна сплошная муть, и споры, и переговоры насчет того, с кем останутся дети, каждодневный хаос и растущее отчуждение — да еще и страны разные. Закрывшись от всего этого, я обрела покой. Если я злюсь, то только от того, что не могу себе этого простить. Если бы я научилась левитации и смогла парить в тридцати метрах над землей, это не искупило бы того факта, что я так и не смогла научиться говорить с Бернардом и быть с ним. Когда меня приводит в ужас очередной социальный катаклизм, о котором пишут в газетах, мне приходится напоминать себе: с чего это я взяла, что миллионы незнакомых между собой людей с противоречащими интересами должны поладить между собой, если я не в состоянии выстроить элементарное сообщество с отцом моих собственных детей, с мужчиной, которого я любила и за которым до сих пор замужем? И вот еще что. Если я и продолжаю отпускать шпильки в адрес Бернарда, так это потому, что ты здесь и я знаю, что время от времени ты с ним видишься, и — не следовало мне этого говорить — ты мне его напоминаешь. Ты лишен его политических амбиций, и слава богу, но в вас обоих есть этакая сухость и отстраненность, которая разом и бесит меня, и притягивает. А еще...

Она осеклась и растворилась в подушках. Судя по всему, я должен был считать, что мне польстили, и оттого степень вежливости, формализованных условий, на которых можно было принять предложенное, казалась излишне обязывающей. В ее исповеди проскочило одно слово, к которому я хотел бы вернуться при первой же возможности. Но сначала — обязательный обмен ритуальными любезностями.

— В таком случае я очень надеюсь, что мои визиты не сильно досаждают тебе.

— Да нет, это здорово, когда ты приезжаешь.

— И пожалуйста, останавливай меня, если я начну вторгаться в какие-то слишком личные...

— Ты можешь спрашивать меня о чем угодно.

— Мне бы не хотелось вторгаться в твои...

— Я уже сказала, что ты можешь задавать мне любые вопросы. Если на какой-то из них мне отвечать не захочется, я просто не стану на него отвечать.

Разрешение получено. Мне кажется, она догадывалась, старая лиса, за что зацепилось мое внимание. Она ждала, когда я сам сделаю первый шаг.

— Ты сказала, что вы с Бернардом были... одержимы друг другом. Ты имела в виду... ну, в смысле — физически?..

— Типичный представитель своего поколения — вот кто ты такой, Джереми. И успевший в достаточной степени постареть, чтобы набраться жеманства на сей счет. Да, секс, я говорю о сексе.

Я еще ни разу не слышал из ее уст этого слова. Своим дикторским голосом времен Второй мировой она до предела сжала гласную, так что в результате получилось едва ли не «сикс». Из ее уст это слово прозвучало грубо, почти непристойно. Не потому ли, что ей пришлось перешагнуть через себя, чтобы произнести его, а потом повторить, чтобы преодолеть привычное отвращение? А может быть, она права? Может быть, меня, человека шестидесятых годов, хотя и отличавшегося всегда несколько излишней сдержанностью, просто начинает тянуть на клубничку?

Джун и Бернард, одержимые сексом... Поскольку в моем представлении они всегда были людьми пожилыми и враждебно настроенными друг к дру-

гу, мне захотелось сказать ей, что представить себе
нечто подобное мне довольно трудно, как малень-
кому мальчику, который пытается вообразить ко-
ролеву в нужнике.

Но вместо этого я сказал:

— Мне кажется, я понимаю, о чем речь.

— Вот уж не думаю,— ответила она с видимым
удовольствием от того, насколько она сама в этом
уверена.— Ты даже и представить себе не в состоянии, на что это было похоже в те времена.

Она еще не успела договорить, а образы и впечатления уже начали сыпаться в прорехи в пространстве, как летящая в подземелье Алиса или как оса-
дочные породы, сквозь которые она летит вниз, в
расширяющийся раструбом конус времени: запах
конторской пыли; стены коридоров, выкрашенные
коричневой и кремовой масляной краской; предметы повседневного обихода, от пишущих машинок до автомобилей, сделанные на совесть, тяжелые
и крашенные в черный цвет; нетопленые комнаты, подозрительные квартирные хозяйки; до смеш-
ного солидные молодые люди в мешковатых фла-
нелевых брюках покусывают чубуки трубок; еда без
приправ, без чеснока, вина и лимонного сока; постоянно вертеть сигарету в пальцах, что считается
весьма эротически привлекательным, и нигде проходу нет от властных окриков, жестких, уложенных

в краткие, едва ли не латинские формулы, не терпящих возражений,— на автобусных билетах, бланках и от руки нарисованных табличках, где непременный перст указующий задаст вам верный курс сквозь этот серьезный коричнево-черно-серый мир. С моей точки зрения, в те времена это должно было быть похоже на взрыв в магазине старьевщика в замедленной съемке, и я был рад, что и Джун тоже почувствовала мое замешательство, ибо в тогдашней эпохе я просто не мог найти места для сексуальной одержимости.

— До встречи с Бернардом я уже встречалась с несколькими молодыми людьми, просто потому, что они казались очень милыми. И с самого начала привыкла приводить их домой и знакомить с родителями, с тем чтобы выслушать их суждение относительно того, приличный мне попался экземпляр или нет. Я всегда оценивала мужчину с одной-единственной точки зрения: годится он в мужья или нет. Так делали все мои подруги, именно в этом ключе мы с ними и говорили о мужчинах. О каких бы то ни было физиологических желаниях и речи не было, и о моих в том числе. Принято было этак в общем мечтать о надежном друге мужского пола и связывать с ним такие понятия, как дом, ребенок, кухня,— все эти элементы были неотъемлемы друг от друга. Что же до чувств, которые испытывал сам

мужчина, все зависело от того, как далеко ты позво-
лишь ему зайти. Мы садились рядышком и говорили, говорили, говорили... Если ты собралась замуж,
секс — та цена, которую за это приходилось платить. Цена довольно неприятная, но оно того стоило. А не заплатишь — так ничего и не получишь.

А потом вдруг все изменилось. Через несколько дней после встречи в Бернардом все мои чувства... в общем, мне стало казаться, что я сейчас взо-
рвусь. Я хотела его, Джереми. Это было как боль.
Я не мечтала о свадьбе, мне не нужна была кухня,
я хотела этого мужчину. Фантазии на его счет явля-
лись мне более чем яркие. Я перестала откровен-
ничать с подружками. Для них это был бы просто
шок. А сама я ко всему этому была совершенно не
готова. Мне хотелось секса с Бернардом — чем быстрее, тем лучше. И я до смерти была этим напуга-
на. Я знала, что, если он попросит, если он будет
настойчив, выбора у меня не будет никакого. При
том, что в силе его чувств сомневаться не приходилось. Он не того сорта человек, чтобы заранее вы-
двигать какие-то требования, но вот как-то раз, ближе к вечеру, в силу обстоятельств, которых я сейчас
уже не помню, мы оказались одни в доме, который
принадлежал родителям одной моей подруги. Кажется, на улице лило как из ведра, и эта причина
была не последней в ряду прочих. Мы поднялись

в гостевую спальню и начали раздеваться. Я понимала, что сейчас случится именно то, о чем я мечтала уже не первую неделю, и при этом я была несчастнее некуда, я была в ужасе, как будто меня вели на плаху...

Она перехватила мой озадаченный взгляд — почему же несчастнее некуда? — и нетерпеливо вздохнула.

— О чем знать не знает твое поколение, а мое уже почти успело забыть, так это о том, насколько невежественными мы тогда были, какие нелепые в те времена царили нравы — в отношении секса и всего, что с ним связано. То есть контрацепция, разводы, гомосексуализм, венерические болезни. А беременность вне брака вообще была чем-то немыслимым, хуже этого вообще ничего на свете случиться не могло. В двадцатых и тридцатых годах вполне уважаемые семьи запирали своих беременных дочерей в психиатрических клиниках. Матерям-одиночкам проходу не давали на улицах, их унижали те самые организации, которые вроде как должны были о них заботиться. Девушки лишали себя жизни, пытаясь сделать аборт. Сейчас это может показаться полным безумием, но в те дни беременная девушка вполне отдавала себе отчет в том, что это она сошла с ума, а все вокруг правы и она вполне заслуживает подобного к себе отношения.

Административные нормы тоже мягкостью не отличались: пресечь и наказать. Ни о какой финансовой поддержке, естественно, и речи идти не могло. Мать-одиночка была изгоем, позором своей семьи, отданным на растерзание злобствующим дамам из благотворительных комитетов, церковным активистам и тому подобной публике. Каждой из нас было известно с полдюжины историй, от которых кровь стыла в жилах и которые должны были заставить нас ходить по струнке. В тот вечер они меня не остановили, но по ступенькам я поднималась с полным ощущением, что подписываю себе смертный приговор, — в эту крохотную комнатку на самом верхнем этаже, где ветер с дождем хлестал в окно совсем как сейчас. Никаких мер предосторожности мы, естественно, предпринимать не стали, и в неведении своем я была совершенно уверена, что беременности мне никак не избежать. И при этом я знала, что обратного пути уже нет. Мучилась я страшно и при этом пробовала на вкус чувство свободы. Наверное, подобное должен испытывать преступник, хотя бы на долю секунды, когда выходит на дело. Я всегда исполняла то, чего ждали от меня другие люди, — старалась, по крайней мере, — и вот теперь впервые я начала понимать, кто я есть на самом деле. И я просто обязана была, просто обязана, Джереми, подойти к этому мужчине вплотную и...

Я тихо кашлянул.

— И... хм... как оно было? — Я сам себе не верил, что задал-таки Джун Тремейн этот вопрос.

Дженни уж точно ни за что на свете мне не поверит.

Джун издала очередной победный клич. Я еще никогда не видел ее настолько оживленной.

— Это было просто удивительно! Бернард — это же самое неловкое человеческое существо, какое я только встречала, его хлебом не корми, дай только пролить что-нибудь из чашки или удариться головой о притолоку. А поднести кому-нибудь огоньку — это для него и вовсе подвиг. Я была уверена, что до меня ни с одной девушкой ничего такого у него не было. Он делал прозрачные намеки, что, дескать, это не так, но положение обязывает,— разве он мог сказать что-то другое? Так что я искренне рассчитывала на то, что мы оба с ним будем этакие дети в дремучем лесу, и, честно говоря, я и не возражала. Пусть ни у кого не будет никаких преимуществ. Мы забрались в эту узкую койку, и я беспрерывно хихикала от страха и возбуждения, и хочешь верь, хочешь нет — Бернард оказался гением! Весь словарь, который только можно сыскать в любовном романе: мягкий, сильный, опытный и... хм... изобретательный. Когда мы кончили, он сделал нечто невообразимое. Выскочил вдруг из постели, подбежал к окну, распахнул его настежь, встал на самом ветру, длинный, тощий, голый и белокожий, и принялся бить себя в грудь и вопить, как Тарзан, а ветер швырял снаружи листья, охапку за охапкой. Такая дурь! И ты знаешь, он до того меня рассмешил, что я уписалась от смеха прямо в постели. Пришлось переворачивать матрас. А потом собирать с ковра листья — целый ворох. Я унесла простыни домой в хозяйственной сумке, выстирала их, а потом вернула на место — с помощью подружки. Она была на год старше меня, и вся эта история внушила ей такое отвращение, что она потом еще несколько месяцев со мной не разговаривала!

Я почувствовал, как где-то в глубине души у меня шевельнулся отзвук той преступной свободы, которую сорок пять лет тому назад ощутила Джун, и мне захотелось вновь поднять тему размеров, которыми «обзавелся» Бернард. Так что же, выходит, в тот раз Джун просто-напросто захотелось съязвить на ровном месте? Или в этом как раз и заключается парадоксальный секрет его успеха? Или вот еще: тело у него настолько длинное, что, может быть, речь идет просто об ошибочном суждении относительно должных пропорций? Но есть все-таки вопросы, которые не принято задавать собственной теще; кроме того, она уже успела нахмуриться, пытаясь сформулировать какую-то мысль.

— Должно быть, примерно неделю спустя Бернард пришел к нам домой и познакомился с моими родителями, и я почти уверена, что именно в тот раз он опрокинул заварочный чайник на наш «уилтон»*. Если не считать этого эпизода, успех был полным, он являл собой образец подходящего по всем статьям молодого человека: привилегированная частная школа, Кембридж, милая застенчивая манера говорить со старшими. Вот так и началась наша двойная жизнь. Мы являли собой умилительную молодую пару, при виде которой таяли сердца и которая объявила о своей помолвке, с тем чтобы пожениться сразу после войны. И в то же время начатое мы продолжили. В Сенат-хаусе и в других правительственных зданиях существовали незанятые комнаты. И Бернард проявлял чудеса изобретательности, чтобы достать ключи. Летом были буковые леса под Амершемом. Это было как наркотик, безумие, тайная жизнь. Меры предосторожности мы уже кое-какие предпринимали, но, честно говоря, мне к тому времени на них уже было глубоко плевать.

Если нам случалось говорить о внешнем мире, говорили мы о коммунизме. Это была вторая на-

---

* Тип шерстяных ковров, изначально производившихся в городе Уилтшире.

ша одержимость. Мы приняли решение простить партии те глупости, которые она наворотила в начале войны, и вступить в нее, как только окончится война и мы уйдем с работы. Маркс, Ленин, Сталин, путь к светлому будущему — мы были согласны во всем. Образцовое единство душ и тел! Мы стали основателями маленькой частной утопии, и когда все народы мира последуют нашему примеру — всего лишь вопрос времени. Эти несколько месяцев сформировали нас. За всеми нашими горестями последующих времен всегда стояло желание вернуться к тем счастливым дням. Едва начав видеть мир по-разному, мы почувствовали, как время утекает у нас сквозь пальцы, и сделались друг с другом нетерпимы, нетерпеливы. Любое несогласие было как отступление от того, что было так возможно; и вскоре ничего, кроме отступлений, и не осталось. И в конце концов время утекло совсем, но воспоминания остались этаким немым укором, вот мы и не в состоянии оставить друг друга в покое.

Главное, что я поняла в то утро, после дольмена, так это что смелости, физической смелости, мне хватает и что я вполне могу сама за себя постоять. Весьма немаловажное открытие для женщины — по крайней мере, в те времена. Возможно, открытие это стало еще и роковым, несчастливым. Сейчас я уже не уверена, что мне следовало самой решать свои проблемы. Прочее рассказать куда труднее, в особенности скептику вроде тебя.

Я попытался было возразить, но она от меня попросту отмахнулась.

— В любом случае мы к этому еще вернемся. Что-то я слишком устала. Тебе скоро придется уйти. И к тому сну я тоже еще вернусь. Хочется быть уверенной, что ты все правильно понял.

Она помешкала, собираясь с силами для последнего на сегодняшний день монолога.

— Я понимаю, почему всем кажется, что я слишком раздула всю эту историю — юная девица, которая шла по дорожке и ее напугали две псины. Но ведь когда-нибудь придет пора подводить итог прожитой жизни. И тогда ты либо придешь к выводу, что ты слишком стар и ленив для того, чтобы над этим думать, или же сделаешь то же самое, что и я: выделишь одно конкретное событие, отыщешь в чем-то вполне объяснимом и заурядном суть всего того, что в противном случае просто канет в Лету,— конфликт, смену точки отсчета, новое понимание происходящего. Я вовсе не пытаюсь утверждать, что эти твари только на вид казались обыкновенными собаками. Что бы там ни говорил Бернард, в действительности я не верю в то, что они были слугами дьявола, адскими псами или знамением Божьим,— или во что там еще я верю, с точки зрения всей этой публики. В следующий раз, как увидишься с ним, заставь его рассказать тебе о том, что наговорил нам про этих собак мэр Сан-Мориса. Он вспомнит. Мы тогда весь вечер просидели на веранде в «Отель де Тильёль». Я вовсе не пыталась мифологизировать этих животных. Я их использовала. Они дали мне ключик к свободе. Я кое-что открыла с их помощью.

Ее рука дернулась над простыней в мою сторону. А я так и не смог себя заставить потянуться навстречу и взять ее за руку. Помешал некий смутный журналистский импульс, довольно странное чувство отстраненности. Пока она говорила, а я продолжал выписывать в блокноте летящие арабески скорописи, я чувствовал себя невесомым, пустым и легким, словно подвешенным в полной неопределенности меж двух возможных точек зрения — обыденной и глубинной, не понимая, которую из них я в данный момент воспринимаю. Я дернулся и скорчился над блокнотом, стараясь не встретиться с ней взглядом.

— Я столкнулась со злом лицом к лицу и открыла для себя Бога. Я называю это своим открытием, хотя, конечно, ничего нового в нем нет, да и не мое оно. Каждый человек делает его самостоятельно. И чтобы описать его, люди пользуются самыми разными языками. Мне кажется, в начале каждой из великих мировых религий стоит вполне конкретный человек, который вступил во внутреннюю связь с духовной реальностью, а потом попытался сделать так, чтобы знание это не умерло вместе с ним. Большая часть этого знания гибнет, растворяясь в канонах, ритуалах и жажде власти. Все религии таковы. Хотя, в конечном счете, если ты сумел ухватить истину у самых корней, какая разница, какими словами ты ее опишешь — о том, что внутри нас сокрыт бездонный источник, возможность высшего бытия, благодать...

Я уже слышал все это прежде в том или ином виде от склонного к духовным исканиям директора школы, от священника-расстриги, от старой подружки, только что вернувшейся из Индии, от калифорнийских профессионалов и обкуренных хиппи.

Она заметила, что я начал ерзать на стуле, но от темы уходить не собиралась.

— Назови это Богом или Духом любви, Мировой Душой, Христом или законами природы. В тот день я увидела — и потом видела еще не раз и не два — яркую цветную ауру вокруг собственного тела. Впрочем, видимость происходящего значения не имеет. Важно обрести связь с центром, с внутренним бытием, а затем ее расширить и укрепить. А потом вынести ее во внешний мир, к другим людям. Целительная сила любви...

Воспоминание о том, что произошло после этого, до сих пор причиняет мне боль. Я ничего не мог с собой поделать, чувство неловкости было уже слишком сильным. Я просто уже не мог больше это вынести. Вероятно, годы одиночества как раз и оказались той питательной почвой, что вскормила во мне скептицизм — защиту от подобного рода страстных призывов к любви, к самосовершенствованию, к тому, чтобы прорвать закоснелую оболочку эгоистических чувств и увидеть, как она растворится в теплом молоке вселенской любви и благодати. Меня от таких разговоров неизменно бросает в краску. И стоит только кому-то начать при мне такой разговор, я бегу от него как черт от ладана. Я ничего подобного не вижу, ни во что подобное не верю.

Пробормотав что-то невнятное насчет того, что у меня затекла нога, я встал, но сделал это слишком поспешно. Стул качнулся назад и с гулким стуком ударился о комод. Испугался я один. И принялся извиняться. А она лежала и смотрела на меня с легкой удивленной полуулыбкой на лице.

Она сказала:

— Да нет, я все понимаю. Слова тут бездейственны, да и я устала. Может быть, в следующий раз мне и удастся объяснить тебе, что я имела в виду. В следующий раз...

Бороться с моим неверием здесь и сейчас у нее просто не было сил. День близился к вечеру.

Я еще раз попытался извиниться за бестактность, но она перебила меня. Она говорила как ни в чем не бывало, но за вежливой манерой вполне могла скрываться обида:

— Тебя не затруднит сполоснуть перед уходом чашки? Спасибо тебе, Джереми.

Стоя спиной к ней возле раковины, я слышал, как она вздохнула, поудобнее устраиваясь на кровати. За окном ветер по-прежнему трепал ветви каштанов. Я вдруг почувствовал внезапный прилив радости оттого, что скоро вернусь в свой привычный мир, вместе с западным ветром перенесусь обратно в Лондон, в мое настоящее, подальше от ее прошлого. Вытирая досуха чашечки и блюдца и расставляя их на полке, я попытался измыслить какое-нибудь более подходящее оправдание моему неподобающему жесту. Душа, жизнь после смерти, вселенная, полная смыслов. Может быть, потому я и шарахаюсь от такого рода вещей, что от них за версту веет радостным чувством успокоения и комфорта; вера и своекорыстие — близнецы-братья. Но разве можно ей сказать такое?

Когда я обернулся, глаза у нее уже были закрыты и дышала она ровно и часто.

Но она не спала. Когда я подошел к кровати, чтобы взять сумку, она прошептала, не открывая глаз:

— Я хотела еще раз поговорить о том сне.

Он уже был у меня в блокноте, этот короткий, повторяющийся от раза к разу сон, который донимал ее вот уже сорок лет кряду: две собаки бегут вниз по тропинке в ущелье. За той, что побольше, тянется кровавый след, отчетливо различимый на белых камнях. Джун знает, что мэр близлежащей деревушки не отправлял людей с ружьями, чтобы пристрелить этих собак. Они спускаются в тенистую ложбину под высокими скалами, потом в заросли кустарника и выныривают с противоположной стороны. Она видит их снова, уже на противоположной стороне Горж-де-Вис* — они бегут в сторону гор. И несмотря на то что они от нее далеко, именно в этот момент ее и охватывает приступ страха: она понимает, что они еще вернутся.

Я заверил ее:

— Я уже успел его записать.

— Не забывай, что он всегда начинается, когда я еще не совсем уснула. Я вижу их *воочию*, Джереми.

— Не забуду.

Она кивнула, по-прежнему не открывая глаз.

---

* Ущелье, узкая долина *(фр.)*.

— Ты сможешь сам отсюда выбраться?

Можно считать это шуткой, слабой попыткой иронии. Я наклонился, поцеловал ее в щеку и прошептал на ухо:

— Я думаю, справлюсь.

Потом я тихо пересек комнату и вышел в коридор, на красно-желтый, в завитушках, ковер, и мысль у меня в голове была та же самая, что и всякий раз, когда я уходил от нее: что больше я ее не увижу.

Так оно и вышло.

Она умерла четыре недели спустя, тихо, во сне, как сказала старшая медсестра, которая позвонила Дженни, чтобы сообщить ей эту новость. На похороны мы отправились с детьми и двумя племянниками и по дороге заехали за Бернардом. Поездка выдалась не слишком приятная. Стояла жара, в машине было душно, на шоссе велись какие-то ремонтные работы, а потому и машин было — не протолкнешься. Бернард сидел на переднем сиденье и всю дорогу молчал. Время от времени он на пару секунд закрывал лицо руками. Но чаще всего просто смотрел перед собой. Плакать он вроде бы не плакал. Дженни сидела сзади и держала на коленях маленького. Дети говорили о смерти. А мы сидели и беспомощно слушали их, будучи не в состоянии увести разговор в сторону. Александру было тогда четыре года, и мысль о том, что его любимую бабушку собираются заколотить в деревянный ящик, опустить в яму и засыпать сверху землей, привела его в ужас.

— Ей это не понравится,— решительно заявил он.

Гарри, его семилетний двоюродный брат, владел фактологической стороной вопроса:

— Она же мертвая, глупый. Она даже ничего и не почувствует.

— А когда она вернется?

— Никогда. Если ты умер, обратно уже не вернешься.

— Нет, а она когда?

— Никогда-никогда-никогда-никогда. Она на небесах, глупый.

— Когда она вернется? Деда? Деда, когда?

Отрадно было видеть, что в месте столь удаленном толпа собралась довольно порядочная. Вдоль дороги, прямо от норманнской церкви, на заросших травой обочинах были кое-как припаркованы десятки автомобилей. Над крышами у них висело марево. Я еще только начал входить в тот возраст, когда человек регулярно посещает похороны, и до сей поры был только на сугубо светских — трое из моих знакомых умерли от СПИДа. Сегодняшняя англиканская служба мне была знакома скорее по фильмам. Подобно одному из великих шекспировских монологов, речь над отверстой могилой, целыми кусками застрявшая в памяти, представляла собой последовательность великолепно оформленных фраз, хоть сейчас на обложку книги: размеренный ритм, от которого по спине, не давая отвлечься ни на секунду, волнами пробегала дрожь. Я смотрел на Бернарда. Он стоял справа от викария по стойке «смирно» и смотрел прямо перед собой — как в машине, полное самообладание.

После службы я увидел, что он оторвался от группы старых друзей Джун и пошел куда-то в сторону между надгробиями, то и дело замирая, чтобы прочесть надпись, а потом остановился у тиса. Он встал в тени, положив локти на кладбищенскую ограду. Я уже совсем было собрался подойти к нему, чтобы сказать несколько наполовину заготовленных неловких фраз, но тут услышал, как он зовет Джун по имени, через ограду. Я подошел ближе и увидел, что он плачет. Его длинное худое тело подалось вперед, потом опять выпрямилось. Он стоял в тени, раскачивался взад-вперед и плакал. С виноватым чувством я развернулся и пошел прочь — мимо двоих рабочих, которые орудовали лопатами возле могилы,— чтобы слиться с гомонящей толпой, чья печаль понемногу растворялась в теплом летнем воздухе, пока она текла себе через кладбищенские ворота, вдоль по дороге, мимо стоящих у обочины машин, туда, где начиналось некошеное поле, посреди которого высился большой кремовый шатер с закатанными вверх из-за жары боками. У меня за спиной камешки и комья сухой земли шуршали о лопаты могильщиков. А впереди было именно то, что, вероятнее всего, и представляла себе Джун: дети носятся среди растяжек шатра, официанты в накрахмаленных белых куртках разносят напитки, уже расставленные на затянутых простынями ко́злах, и вот уже первая молодая пара раскинулась на мягкой зеленой траве.

Часть вторая

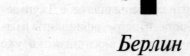

Берлин

Через два года с небольшим, в ноябре, в половине седьмого утра, я проснулся и обнаружил Дженни в постели рядом с собой. Она уезжала на десять дней в Страсбург и Брюссель и вернулась поздно ночью. Еще не проснувшись, мы повернулись друг к другу и обнялись. Такого рода маленькие воссоединения — одна из самых изысканных семейных радостей. Она казалась одновременно чужой и знакомой — как же быстро привыкаешь спать один! Глаза у нее были закрыты, и она с улыбкой приткнулась мне головой чуть пониже ключицы, в привычное место, которое с годами словно бы специально приняло надлежащую форму. У нас оставался примерно час, может быть, чуть меньше, пока не проснутся дети и не обнаружат ее присутствия — к вящей радости, поскольку на их вопросы относительно сроков ее возвращения я старался отвечать уклончиво, на случай, если она не успеет на последний самолет. Я потянулся и сжал ее ягодицы. Ее рука не спеша двинулась в путь поперек моего живота.

С уютным чувством я ощутил знакомый бугорок у основания мизинца, там, где ей, вскоре после рождения, ампутировали шестой палец. «Столько пальчиков,— говаривала ее мать,— сколько у жучка ножек». Через несколько минут, провалившись, может статься, по дороге в кратковременный сон, мы перетекли в теплый дружеский секс — привилегию и компромисс супружеской жизни.

Мы только-только начали просыпаться навстречу приливу наслаждения и двигаться сильнее и резче, чтобы помочь друг другу, как на ночном столике затрезвонил телефон. И что бы нам не сообразить и не выдернуть заранее шнур! Мы обменялись взглядами. И молча согласились, что час еще достаточно ранний для случайных звонков: а вдруг что случилось?

Вероятнее всего, звонила Салли. Она уже дважды перебиралась к нам жить, но нагрузка на наш семейный быт оказывалась слишком сильной, и долго мы были не в состоянии ее переносить. Несколько лет тому назад, в двадцать один год, она вышла замуж за человека, который бил ее, а потом сделал ей ребенка и исчез. Два года спустя Салли лишили материнских прав за жестокое обращение с сыном, который теперь жил у приемных родителей. За несколько лет ей удалось справиться с алкогольной зависимостью — только для того, чтобы еще раз выйти замуж, примерно с тем же успехом. Теперь она жила в общежитии, в Манчестере. Ее мать, Джин, умерла, и за советом и родственной поддержкой, кроме как к нам, обратиться ей было не к кому. Она никогда не просила денег. А я так и не смог отделаться от ощущения, что все ее несчастья на моей совести.

Дженни лежала на спине, так что за трубкой тянуться пришлось мне. Но это была не Салли, это был Бернард, и первую фразу он уже успел договорить до середины. Впрочем, он даже и не говорил, он вопил в трубку. Где-то у него за спиной я услышал еще чей-то возбужденный голос, который заглушила полицейская сирена. Я попытался вклиниться, назвав его по имени. Первая более или менее внятная фраза, которую я сумел разобрать, звучала так:

— Джереми, ты меня слышишь? Ты на проводе?

Я почувствовал, как опадаю внутри его дочери. И постарался сделать так, чтобы голос мой звучал как можно более естественно.

— Бернард, я ни слова не понял. Давай сначала, только медленнее.

Дженни делала знаки, предлагая взять у меня трубку. Но Бернард уже начал сначала. Я покачал головой и уставился прямо перед собой в подушку.

— Мальчик мой, включи радио. Или телевизор, так даже лучше. Они сквозь нее буквально валом валят. Ты не поверишь...

— Бернард, кто валом валит — и сквозь что?

— Я же только что тебе все сказал. Сносят Стену! В это трудно поверить, но я сейчас вижу это собственными глазами, жители Восточного Берлина проходят сквозь...

Моя первая, эгоистическая мысль была: слава богу, от меня прямо сейчас ничего не требуется. Не придется выскакивать из постели, из дома и мчаться на помощь. Я пообещал Бернарду, что перезвоню ему, положил трубку и сообщил Дженни новости.

— Поразительно.

— Невероятно.

Мы изо всех сил старались удержать всю значимость свершившегося на расстоянии вытянутой руки, ибо в полной мере еще не принадлежали к миру, к исполненному внутренних противоречий сообществу одетых людей. На карту оказался поставлен наш первопринцип: личная жизнь прежде всего. Исходя из этого, мы и приняли решение. Однако чары уже были разрушены. Сквозь утренний полумрак нашей спальни валом валили восторженные толпы. Мы оба были где-то не здесь.

В конце концов Дженни сказала:

— Пойдем вниз и посмотрим, что там такое.

Мы стояли в гостиной, в халатах, с чашками чая в руках, и смотрели в телевизор. Жители Восточного Берлина в нейлоновых и выцветших джинсовых куртках, толкая перед собой детские коляски или держа детей за руки, шли через контрольно-пропускной пункт «Чарли»*, и никто не проверял у них документов. Камера подскакивала и старалась попасть в очередные широко раскрытые объятия. Какая-то рыдающая женщина, которую свет телевизионного прожектора превратил в подобие призрака, раскинула руки в стороны, начала было что-то говорить, но так и не смогла произнести ничего внятного. Толпы западников радостно вопили и дружески похлопывали по крыше каждого отважного и нелепого «трабанта», который рвался к свободе. Две сестры обнялись так тесно, что разлепить их не удалось даже для того, чтобы взять интервью. У нас с Дженни тоже выступили на глазах

---

* Самый известный из пропускных пунктов на разделительной линии между Восточным и Западным Берлином, символ «холодной войны», как и Берлинская стена. Именно здесь в 1961 г., вскоре после постройки Стены, в результате ряда дипломатических провокаций произошел знаменитый «танковый кризис». Тогда группа советских и группа американских танков в ночь на 27—28 октября стояли с наведенными друг против друга орудиями и с приказом открывать огонь на поражение в случае провокаций с противоположной стороны.

слезы, и когда прибежали дети, соскучившиеся по маме, маленькая драма воссоединения, объятия и возня на ковре в гостиной преисполнились остротой ощущений, заимствованной у радостных событий в Берлине, так что в конце концов Дженни расплакалась уже по-настоящему.

Через час еще раз позвонил Бернард. Называть меня «мальчик мой» он начал около четырех лет тому назад, подозреваю, что с тех примерно пор, как вступил в Гаррик-клуб*. «Такова дистанция,— заметила как-то раз Дженни,— пройденная с тех пор, когда близкие люди именовались "товарищ"».

— Мальчик мой, я хочу как можно скорее попасть в Берлин.

— Прекрасная идея,— тут же подхватил я.— Езжай, конечно.

— Билеты сейчас на вес золота. Ехать хотят все. Мне удалось ухватить два места на сегодняшний рейс, после обеда. И я должен подтвердить заказ в течение часа.

— Бернард, я же собирался во Францию.

— Будет приятное разнообразие. Это же исторический момент.

— Я подумаю и позже тебе позвоню.

---

* Престижный лондонский клуб писателей, журналистов и театральных деятелей, названный в честь знаменитого театрального артиста XVIII в. Дэвида Гаррика. Основан в 1831 г.

Выражение лица у Дженни было язвительнее некуда.

— Он просто обязан съездить и посмотреть, как будет исправлена его Великая Ошибка. И ему нужен мальчик, чтобы таскать чемоданы.

При такой постановке вопроса я внутренне согласился с необходимостью сказать «нет». Но во время завтрака, возбужденный потрескивающими в динамиках восторгами маленького переносного черно-белого телевизора, который мы водрузили на край раковины, я начал чувствовать этакое нетерпеливое возбуждение, потребность в приключении после стольких дней сплошных домашних обязанностей. Вот опять телевизор зашелся триумфальным шепотом, и я почувствовал себя мальчишкой, которого в день финального матча на Кубок Англии не пустили на стадион. История меняла ход без моего участия.

После того как дети отправились кто в садик, кто в школу, я снова заговорил с Дженни на ту же тему. Ей нравилось возвращаться домой. Она ходила из комнаты в комнату, перенося с собой радио-телефонную трубку, и приводила в порядок увядшие на моем попечении комнатные растения.

— Езжай,— было ее резюме.— Не слушай меня, я просто тебя ревную. Но прежде чем уехать, закончи то, что начал.

О лучшем компромиссе можно было и не мечтать. Я позвонил в авиакомпанию, чтобы договориться о перелете в Монпелье через Берлин и Париж, и подтвердил сделанный Бернардом заказ на билеты. Я позвонил в Берлин и спросил у Гюнтера, моего тамошнего друга, можем ли мы пожить в его квартире. Я позвонил Бернарду, чтобы сказать, что заеду за ним на такси в два часа дня. Я отменил назначенные встречи, отдал распоряжения и собрал сумку. По телевизору показывали двери банков и растянувшиеся на полмили очереди восточников; каждый хотел получить свою сотню дойчмарок. Мы с Дженни вернулись на часок в спальню, потом она подхватилась и убежала на какую-то встречу. Я пошел на кухню, разогрел какие-то вчерашние остатки и сел за ранний ланч. По переносному телевизору показывали, как ломают в разных местах Стену. Люди стекались в Берлин со всех концов света. Намечалось грандиозное празднество. Журналисты и группы телевизионщиков не могли найти свободного места в гостиницах. На верхнем этаже, стоя под душем, воодушевленный и промытый насквозь недавним сексом, вопя во всю дурь отрывки из Верди, которые смог припомнить по-итальянски, я поздравил себя с тем, какая у меня насыщенная и интересная жизнь.

Полтора часа спустя я оставил такси ждать на Аддисон-роуд и взлетел по лестнице к квартире Бернарда. Он уже стоял у двери, держа в руках пальто и шляпу, а под ногами — сумки. С недавних пор в нем начала сказываться суетливая старческая пунктуальность, необходимая мера предосторожности для того, чтобы хоть как-то приноровиться к памяти, которая того и гляди норовит подставить тебе ножку. Я подхватил сумки (Дженни была права) и уже совсем было собрался захлопнуть дверь, но тут он нахмурился и поднял палец:

— Гляну в последний раз, все ли в порядке.

Я поставил сумки и пошел за ним следом — как раз вовремя, чтобы заметить, как он сгреб с кухонного стола ключи от дома и паспорт. И протянул их мне с выражением на лице, которое следовало интерпретировать как «я же тебе говорил» — как будто это я их забыл, а он, молодец, вовремя вспомнил.

Мне уже приходилось ездить с Бернардом в лондонских такси. Ноги у него едва не упирались в перегородку. Мы только-только успели тронуться с места, водитель еще не успел переключиться с первой скорости, а Бернард уже выстроил у себя под подбородком колоколенку из пальцев и начал:

— Все дело в том...

Голосу его, в отличие от голоса Джун, не была свойственна резковатая аристократическая манера дикторов военного времени, он говорил тоном выше, излишне четко выговаривая каждый звук, —

подобный голос мог, наверное, быть у Литтона Стрэчи* или у Малькольма Маггериджа**, так раньше говорили отдельные хорошо образованные валлийцы. Если вы не были предварительно знакомы с Бернардом и не успели проникнуться к нему теплыми чувствами, вам этот голос вполне мог бы показаться манерным.

— Все дело в том, что единство Германии — вопрос решенный. Русские, конечно, будут брячать саблями, французы радостно размахивать руками, а британцы, как всегда, пробормочут что-нибудь невразумительное. Насчет американцев — кто знает, что им нужно, что им понравится? Но это и не важно. Немцы объединятся просто потому, что хотят этого, что это прописано в их конституции, и никто не сможет им помешать. И вероятнее всего, случится это еще скорее, чем кажется, потому

---

 * Джайлз Литтон Стрэчи (1880—1932) — британский литератор, один из виднейших участников так называемой группы Блумсбери.
 ** Томас Малькольм Маггеридж (1903—1990) — британский литератор и журналист, один из неявных прототипов четы Тремейн. Откровенно симпатизируя коммунистам в начале тридцатых, он резко меняет политическую ориентацию после визита в Советский Союз. Голос, внешность и отчасти профессиональные качества Маггериджа отошли к Бернарду, внезапное превращение бывшего атеиста и коммуниста в верующего человека и автора религиозной литературы — к Джун.

что ни один канцлер, если он, конечно, в своем уме, не отдаст такой славы своему преемнику. И произойдет это на тех условиях, которые выдвинут западные немцы, поскольку именно они и будут за все это платить.

Собственные суждения он подавал как вполне устоявшиеся факты, буквально волнами излучая чувство уверенности в собственной позиции. От меня требовалось высказывать по ходу дела иные точки зрения, независимо от того, верил я в них или нет. Манера Бернарда вести личные разговоры сформировалась под влиянием долгих лет, проведенных в публичных дебатах. Хороший, острый спор — лучшая дорога к истине. И вот, пока мы катили в сторону Хитроу, я послушно начал приводить аргументы в пользу того, что восточные немцы, может быть, и не горят желанием расставаться с некоторыми особенностями своей социальной системы и по этой причине их ассимиляция может оказаться делом не таким уж и легким, что Советский Союз держит в ГДР не одну сотню тысяч солдат и при желании может оказать на исход ситуации весьма серьезное воздействие и что с практической и экономической точек зрения объединение двух систем может затянуться на долгие годы.

Он удовлетворенно кивал головой. Пальцы его по-прежнему подпирали подбородок, и он терпе-

ливо ждал, когда я закончу, чтобы всерьез взяться
за мои аргументы. Он методично выстроил их по
порядку. Общенародное недовольство восточногерманским режимом набрало такую силу, что устой-
чивые привязанности к тем или иным аспектам
системы всплывут на поверхность слишком поздно и примут форму ностальгии; Советский Союз
утратил интерес к контролю над западными сател-
литами. Сверхдержавой он на сегодняшний день
остался только с точки зрения военной силы и отчаянно нуждается в доброй воле Запада и в немец-
ких деньгах; что же касается практических трудностей объединения Германии, с ними можно будет
справиться позже, после того как политическое вос-
соединение обеспечит нынешнему канцлеру место в учебниках истории и даст неплохие шансы
победить на следующих выборах — с учетом миллионов новых благодарных ему избирателей.

Бернард все говорил и говорил, судя по всему
не замечая, что такси уже остановилось возле терминала. Я наклонился вперед и выяснил, сколько
мы должны водителю, покуда он пространнейшим
образом отвечал на третью из сформулированных
мною мыслей. Водитель развернулся и отодвинул
стеклянную перегородку, чтобы послушать. Ему
было за пятьдесят, лысый как колено, с пухлым
на младенческий манер лицом и большими выпук-
лыми глазами невероятной, сияющей голубизны.

Когда Бернард закончил, водитель тоже решил высказаться:

— Ага, а потом че будет, а, земляк? Фрицы опять начнут набирать силу. Вот тут-то и начнется самая настоящая фигня...

Как только раздался голос шофера, Бернард вздрогнул и принялся нашаривать ручку одной из своих сумок. Последствия германского воссоединения, вероятнее всего, стояли в его программе следующим номером, но, вместо того чтобы снизойти, хотя бы на минуту, до дискуссии с водителем, Бернард явно растерялся и принялся скрестись в дверь.

— И где тада будет вся ваша стабильность? — вопрошал шофер.— Где будет ваш баланс сил? И будет у нас на востоке Россия, которая покатится к черту в пекло, и все эти мелкие страны, Польши там всякие, по горло в дерьме, в долгах и так далее...

— Да-да, вы правы, над этим действительно стоит задуматься,— сказал Бернард, выбравшись на спасительный тротуар.— Джереми, как бы нам на самолет не опоздать.

Водитель опустил стекло в окне.

— А на западе вот вам Британия, у которой в европейской политике своей игры нет. И которая никак не сподобится вынуть язык из американской жопы. Простите, что я по-французски. Кстати, о французах. У нас, мать вашу, еще и французы под боком!

— До свидания, благодарю вас,— прокуковал Бернард, подхватил сумки разом и рванул с ними куда глаза глядят, лишь бы подальше.

Я нагнал его возле автоматических дверей терминала. Он поставил передо мной сумку, потер правой рукой левую и сказал:

— Я просто не выношу, когда водилы начинают читать мне лекции.

Ничего удивительного в этом не было, но у меня возникла еще одна мысль — что Бернард как-то чересчур разборчив в выборе партнеров по дискуссии.

— Тебе не кажется, что ты утратил связь с массами?

— А у меня ее никогда и не было, мальчик мой. Идеи — вот моя специальность.

Через полчаса после взлета мы взяли с тележки с напитками по бокалу шампанского и подняли тост за свободу. После чего Бернард вернулся к вопросу о связи с массами.

— Джун это всегда умела. Она могла поладить практически с любым человеком. Она бы и с этим таксистом сцепилась. Удивительное качество в человеке, который выбрал жизнь отшельника. По большому счету, она была куда лучшим коммунистом, чем я.

В те дни упоминание о Джун вызывало во мне легкое чувство вины. Со времени ее смерти в июне

1987 года я так ничего и не сделал с книгой, которую хотел написать, опираясь на ее воспоминания, разве что привел в порядок записи и сложил их в папку. Работа (я руководил маленькой издательской компанией, которая специализировалась на школьных учебниках), семейная жизнь, переезд в прошлом году — обычный набор все и вся объясняющих причин как-то меня не успокаивал. Может быть, поездка во Францию, *bergerie* и все, что с ней связано, заставят меня вновь взяться за дело. Кроме того, и Бернарда мне еще хотелось кое о чем расспросить.

— Не думаю, что Джун восприняла бы это как комплимент.

Бернард поднял свой плексигласовый бокал, чтобы солнце, заливавшее салон самолета, заиграло на пузырьках шампанского.

— В нынешние времена мало кто воспринял бы это как комплимент. Впрочем, пару лет за правое дело она билась как тигрица.

— До Горж-де-Вис.

Если я начинал вытягивать из него информацию, он чувствовал это сразу. Не глядя в мою сторону, он откинулся на спинку кресла и улыбнулся.

— Что, опять пришла пора поговорить о былых временах и о жизни?

— Надо же когда-то довести дело до конца.

— Она когда-нибудь рассказывала тебе, какая у нас с ней вышла ссора? В Провансе, на обратном пути из Италии, примерно за неделю до того, как мы добрались до Горж?

— Нет, кажется, ни о чем таком она не упоминала.

— Дело было на железнодорожной платформе возле маленького городка, названия которого я уже не помню. Мы ждали пригородного поезда, который должен был довезти нас до Арля. Крыши над перроном не было, фактически это была скорее даже не станция, а просто остановочный пункт, да еще и полуразрушенный. Комната ожидания выгорела дотла. Стояла жара, тени не было, и присесть тоже было негде. Мы устали, а поезд опаздывал. И кроме нас, на станции никого не было. Прекрасная декорация для первой семейной сцены.

В какой-то момент я оставил Джун стоять рядом с вещами и прошелся до конца платформы — ну, знаешь, как это бывает, когда время тянется медленно,— до самого края. Там все было как после бомбежки. Должно быть, опрокинули бочку смолы или краски. Каменный настил разворочен, между выломанных плит сухие клочки бурьяна. На задах, с противоположной стороны от железнодорожного полотна, были на удивление буйно раскинувшиеся заросли земляничного дерева. Я стоял и любовался ими, а потом заметил на одном из листьев какое-то движение. Я подошел ближе, и на тебе — стрекоза, огненный дартер, *Sympetrum sanguineum,* самец, ну, знаешь, такой ярко-красный. Не то чтобы они были особенно редкими, но экземпляр попался просто великолепный, огромный.

Вне себя от восторга я поймал его обеими руками, со всех ног побежал по перрону туда, где стояла Джун, заставил ее взять стрекозу в руки, а сам полез в чемодан за походным набором. Я открыл ящичек, вынул морилку и попросил Джун отдать мне насекомое. А она стоит и стоит, сжав руки вот эдак, и смотрит на меня со странным таким выражением, едва ли не с ужасом. И говорит: «Что ты собираешься делать?» А я ей: «Хочу забрать ее домой». Она стоит, где стояла. И говорит: «То есть ты хочешь сказать, что собираешься ее убить».— «Ну конечно,— отвечаю я.— Красавица-то какая». Тут она сделалась на удивление спокойной. «Она красивая, и поэтому ты собираешься ее убить». Ну а теперь давай вспомним, что Джун выросла чуть ли не в деревне и никаких угрызений совести по поводу убийства мышей, крыс, тараканов, ос — короче говоря, всего, что мешало ей жить,— за ней прежде не водилось. Жара стояла смертная, и время для того, чтобы затевать дискуссию о правах насекомых, было не самое подходящее. Вот я ей и говорю: «Джун, иди сюда и дай мне стрекозу». Может быть, я это сказал слишком резко. Она отступила на шаг, и по лицу было видно, что она мою находку вот-вот выпустит. Я ей говорю: «Джун, ты же знаешь, как это для меня важно. Если ты отпустишь стре-козу, я тебе этого никогда не прощу». Она стоит и не знает, что делать. Я повторил еще раз то же самое, и тут она подходит ко мне чернее тучи, сует стре-козу мне в руки, стоит рядом и смотрит, как я кладу ее в морилку, а морилку — на место. Пока я упако-вывал все обратно в чемодан, она молчала, а потом вдруг — может быть, с досады, что вовремя не от-пустила стрекозу на волю,— она вдруг вспылила и набросилась на меня с упреками.

Тележка с напитками пустилась во второй рейс, Бернард поколебался, но второго бокала шампан-ского брать не стал.

— Как при любой ссоре, дело быстро перешло от частного к общему. Мое отношение к этому не-счастному созданию весьма наглядно характери-зовало мое отношение едва ли не ко всему на свете, включая ее самое. Я холодный, сухой, высокомер-ный. Я никогда не выказываю никаких чувств и ее хочу приучить к тому же. Она чувствует, что за ней наблюдают, анализируют ее, как будто она часть моей коллекции. Единственное, что меня интере-сует,— это абстрактные понятия. Я утверждаю, что люблю «творение», как она выразилась, но в дей-ствительности я хочу его контролировать, высосать из него всю жизнь, надеть ярлык и разложить по порядку. И в том, что касается политики, я точно такой же. Не людская несправедливость меня беспокоит, а людская неупорядоченность. И хочется мне не всеобщего братства, а эффективной организации общества. Предел моих мечтаний — это общество, организованное по принципу казармы, и научные теории нужны мне для того, чтобы подобное устройство оправдать. Мы стояли в этом жутком солнечном мареве, и она кричала мне: «Ты ведь даже рабочих не любишь! Ты с ними не разговариваешь никогда. Ты понятия не имеешь, какие они на самом деле. Ты их презираешь. Ты просто хочешь расставить их ровными рядами, как этих чертовых своих букашек!»

— И что ты ей на это ответил?

— Поначалу вообще почти ничего. Ты же знаешь, я терпеть не могу сцен. Я стоял и думал: «Вот оно как! Женился на замечательной девушке, а она, как выясняется, попросту меня ненавидит. Какая кошмарная ошибка!» А потом, просто потому, что хоть что-то нужно было сказать, я встал на защиту своего хобби. Большинство людей, объяснил я ей, испытывают инстинктивное отвращение к миру насекомых, а энтомологи — единственные, кто обращает на них внимание, изучает повадки насекомых, их жизненные циклы и вообще проявляет к ним интерес. И рассортировка насекомых по именам, классификация их по группам и подгруппам — важная составная часть всего этого. Если ты узнаешь имя той или иной части животного мира, ты начинаешь любить ее. Смерть нескольких насекомых ничто по сравнению с этой большой задачей. Популяции насекомых огромны, даже в случае с редкими видами. С генетической точки зрения все они клоны одной и той же особи, так что нет смысла говорить о каких-то там индивидуальных особенностях, а тем более о правах насекомых.

«Ну вот, опять ты за свое,— сказала она.— Ты же не со мной сейчас говоришь. Ты же мне лекцию читаешь».

И тут я начал заводиться. Что же касается политики, то да, совершенно верно, мне нравится мир идей, и я не вижу в этом ничего плохого. Другие люди имеют право соглашаться со мной или не соглашаться и даже спорить. Да, действительно, с рабочими я чувствую себя не в своей тарелке, но это вовсе не значит, что я их презираю. Это просто чушь какая-то. И я вполне пойму, если и они в моем обществе будут чувствовать себя не лучшим образом. А если говорить о моих чувствах к ней, то да, я человек не бог весть какой эмоциональный, но это не значит, что я ничего не чувствую. Просто меня так воспитали. И если она хочет знать, я ее люблю больше, чем когда-либо смогу выразить, вот, и если я недостаточно часто ей об этом говорю, что ж, мне очень жаль, и в будущем я, черт подери, обещаю делать это чаще, хоть каждый божий день, если потребуется.

А потом произошло нечто удивительное. Собственно, даже две удивительные вещи произошли одновременно. Пока я все это говорил, подошел поезд, с грохотом и скрежетом, в жутких облаках дыма и пара. И как только он остановился, Джун разрыдалась, обняла меня и сообщила мне новость, что она беременна, и когда она держала в руках эту крошечную зверушку, то вдруг почувствовала ответственность не только за ту жизнь, которая сейчас зреет у нее внутри, но и за всякую жизнь вообще, и что, позволив мне убить стрекозу, она совершила ужасную ошибку, и теперь она уверена, что природа ей этого не простит и с ребенком случится что-то страшное. Поезд ушел, а мы все стояли, обнявшись, на перроне. Меня так и распирало от желания пуститься в пляс по всей платформе от радости, но я как последний дурак пытался втолковать Джун учение Дарвина и успокоить ее, объяснив ей на пальцах, что самой логикой вещей никакая такая месть со стороны природы попросту не предусмотрена и что с ребенком нашим ничего не случится...

— С Дженни.

— Ну да, конечно, это была Дженни.

Бернард нажал на кнопку вызова у себя над головой и сказал стюарду, что он передумал и мы все-таки выпьем еще шампанского. И когда шампанское принесли, у меня сложилось впечатление, что бокалы мы подняли за грядущее рождение моей жены.

— После таких новостей следующего поезда мы ждать были уже не в состоянии и отправились в город — скорее в большую деревню, а названия, кстати, я так и не помню,— отыскали единственную тамошнюю гостиницу и сняли огромную комнату со скрипучими полами, на втором этаже, с балконом, выходящим на маленькую площадь. Место чудесное, мы потом частенько подумывали о том, чтобы наведаться туда еще раз. Джун помнила, как оно называется, а я теперь уже и не вспомню. Мы прожили там два дня, отмечали зачатие ребенка, проводили инвентаризацию наших с ней жизней, строили планы на будущее, как любая другая недавно поженившаяся пара. Примирение вышло просто роскошное — мы из этой комнаты считай что вообще почти не выходили.

Но был там один такой вечер, когда Джун уснула довольно рано, а я как-то все не находил себе места. Потом вышел прогуляться по площади, выпить пару рюмок в кафе. Знаешь, как это бывает, когда ты общаешься с кем-нибудь долго и плотно, а потом вдруг остаешься один. Возникает такое чувство, что ты просто спал все это время. А теперь пришел в себя. Я посидел возле кафе, снаружи, посмотрел, как местные играют в шары. Вечер выдался очень душный, и у меня в первый раз появилась возможность обдумать кое-что из того, что Джун наговорила мне на станции. Я попытался представить, каково это — верить, по-настоящему верить в то, что природа в состоянии отомстить зародышу за смерть насекомого. Она же на полном серьезе все это говорила, чуть не плакала. И, честное слово, ничего у меня не получилось. Это было магическое мышление, совершенно мне чуждое...

— Но, послушай, Бернард, неужели у тебя никогда не было такого чувства, будто ты искушаешь судьбу? Ты никогда не стучишь по дереву?

— Это же просто игра, оборот речи. Мы знаем, что это суеверие. Эта вера в то, что жизнь действительно способна награждать нас и наказывать, что под ее поверхностью существует более глубокая смысловая структура, отличная от той, которой мы сами в состоянии ее наделить,— все это магия, самому себе в утешение. И только...

— Биографы?

— Я хотел сказать — женщины. Наверное, главное, что я хочу сказать, так это то, что, сидя со стаканом в руке на этой маленькой, прокаленной за день площади, я начал понимать нечто важное относительно женщин и мужчин.

Я попытался представить, что сказала бы на это моя здравомыслящая и склонная к рационализму жена Дженни.

Бернард допил шампанское и скользнул взглядом по моей собственной бутылочке, в которой на донышке еще плескалась пара дюймов вина. Я протянул ему бутылку, и он продолжил:

— Давай смотреть правде в глаза: физические различия — это всего лишь, всего лишь...

— Вершина айсберга?

Он улыбнулся:

— Сходящий на нет кончик гигантского клина. Ну, в общем, я посидел там еще, выпил еще стаканчик-другой. А потом... Я понимаю, что нелепо придавать слишком большое значение тому, что люди могут наговорить тебе в запале, но тем не менее со счетов этого сбрасывать тоже не стоит... Потом я начал думать над тем, что она сказала про мои политические убеждения, может быть, потому, что в этом была доля истины, и не только про меня одного, и еще потому, что она и раньше говорила подобные вещи. Помнится, я подумал: она в партии надолго не задержится. У нее в голове свои собственные идеи, довольно странные, но имеющие вес.

Обо всем этом я вспомнил сегодня днем, когда сбежал от того таксиста. Если бы на моем месте была Джун, Джун из тысяча девятьсот сорок пятого года, а не та Джун, которая напрочь отгородилась от политики, она бы провела с этим человеком замечательные полчаса, обсуждая положение в Европе, порекомендовала бы ему несколько правильных книжек, вставила бы его имя в свой список рассылки, кто знает, может, даже убедила бы его вступить в партию. И ради этого рискнула бы даже пропустить свой рейс.

Мы подняли бутылочки и бокалы, чтобы освободить место для подносов с обедом.

— Короче говоря, вот такая история, еще одна тема для разговоров о былых временах и о жизни. Она была гораздо лучшим коммунистом, чем я. Но из этого срыва на станции сразу можно было сделать далеко идущие выводы. Можно было увидеть в этом и ее грядущее разочарование в партии, и первую ласточку из того бредового хоровода, которым вскоре закрутится вся ее дальнейшая жизнь. Так что ничего неожиданного в одно прекрасное утро в Горж-де-Вис не случилось, чего бы она сама тебе на этот счет ни наговорила.

Не слишком приятно было слышать, как мой собственный скепсис оборачивается против меня. И, намазывая маслом промороженную насквозь булочку, я вдруг поймал себя на том, что мне отчаянно хочется выкинуть что-нибудь этакое, отомстить за Джун.

— Но послушай, Бернард, а как тогда насчет мести за насекомое?

— То есть?

— Шестой палец Дженни!

— Мальчик мой, так что мы с тобой будем пить за обедом?

...Первым делом мы отправились на квартиру к Гюнтеру, в Кройцберг. Бернарда я оставил сидеть в такси, а сам отнес сумки через внутренний дворик и дальше вверх на лестничную площадку пятого этажа *хинтерхауза**. Соседка из квартиры напротив, у которой Гюнтер оставил для меня ключи, немного говорила по-английски и знала, что мы приехали сюда ради Стены.

— Нехорошо,— повторяла она.— Слишком много людей здесь. В магазине ни молока, ни хлеба, ни фруктов. И в метро тоже. Слишком много!

Бернард велел таксисту отвезти нас к Бранденбургским воротам, но на поверку решение это оказалось ошибкой, и я постепенно начал понимать, что имела в виду Гюнтерова соседка. Людей действительно было слишком много, и машин тоже. И без

---

* Флигель, задний корпус жилого дома *(нем.)*.

того перегруженные дороги приняли на себя дополнительный груз отчаянно дымящих «вартбургов» и «трабантов», в первый раз выехавших полюбоваться новой жизнью. Все вокруг — и восточные, и западные немцы, и иностранцы — превратились в туристов. Мимо нашего застрявшего в пробке автомобиля гуртом шли компании западноберлинских подростков с пивными банками и бутылками шампанского, распевая футбольные песни. Я, сидя в полумраке автомобильного салона, вдруг пожалел, что я не во Франции, высоко над Сан-Прива, и не готовлю дом к зиме. Даже и в такое время года в теплые вечера там слышен звон цикад. Затем, вспомнив историю, рассказанную Бернардом в самолете, я вытеснил это чувство решимостью вытянуть из него, пока мы здесь, все, что только возможно, и вернуться к работе над книгой.

Мы расплатились с таксистом и вышли на тротуар. До памятника Победе было минут двадцать ходу, а оттуда, прямо перед нами, разворачивалась широкая улица 17 июня*, ведущая прямо к воротам. Кто-то занавесил дорожный указатель куском картона с надписью «9 ноября». Сотни людей шли

---

* Широкое продолжение знаменитой аллеи Унтер-ден-Линден, именовавшееся Шарлоттенбургер,— шоссе, после антикоммунистического восстания в ГДР 16—17 июня 1953 г. было переименовано властями Западного Берлина в Straße des 17 Juni.

в том же направлении. В полумиле впереди стояли подсвеченные иллюминацией Бранденбургские ворота, слишком маленькие и приземистые на вид, если учесть их общемировую значимость. У их подножия широкой полосой сгустилась тень. И, только подойдя поближе, мы поняли, что это собирается толпа. Бернард вроде бы даже замедлил шаг. Он сцепил за спиной руки и чуть наклонился вперед, будто бы навстречу воображаемому ветру. Теперь нас обгоняли все.

— Когда ты был здесь в последний раз, Бернард?

— Знаешь, а ведь на самом деле я этой дорогой вообще никогда не ходил. Берлин? Была здесь такая конференция, посвященная Стене, в честь пятой годовщины ее постройки, в шестьдесят шестом. А до того, боже ты мой! В пятьдесят третьем. В составе неофициальной делегации британских коммунистов, которая приехала, чтобы выразить протест — нет, это слишком сильно сказано,— чтобы выразить восточногерманской компартии нашу почтительную озабоченность тем, как она подавила Восстание*. Когда мы вернулись домой, нам

---

* Речь идет об антикоммунистических волнениях в ГДР в 1953 г., вылившихся к 17 июня в массовые демонстрации протеста с требованием отставки коммунистического правительства Вальтера Ульбрихта. Волнения были подавлены силами Западной группы войск СССР и военизированной полиции ГДР.

от некоторых товарищей досталось за это по первое число.

Мимо нас прошли две девушки в кожаных куртках, джинсах в обтяжку и в усеянных серебряными гвоздиками ковбойских сапогах. Двигались они, взявшись под руки, и на взгляды, которыми провожали их мужчины, реагировали не то чтобы с презрением: они на них просто не реагировали. Волосы у обеих были выкрашены в черный цвет. Колыхавшиеся сзади одинаковые хвостики дополняли беглую ассоциацию с пятидесятыми годами. «Впрочем,— подумал я,— у Бернарда наверняка были другие пятидесятые». Он тоже проводил их взглядом, слегка нахмурившись. И нагнулся, чтобы что-то сказать мне на ухо доверительным шепотом. Особой необходимости в этом не было, потому что людей рядом с нами не оказалось, а со всех сторон неслись звуки шагов и голосов.

— С тех самых пор, как она умерла, я ловлю себя на том, что смотрю на молоденьких девушек. Разумеется, в моем возрасте это просто нелепо. Но я смотрю не на их тела, а на их лица. Отыскиваю ее черты. Это уже вошло в привычку. Я постоянно пытаюсь отследить какой-нибудь жест, выражение лица, что-нибудь этакое в глазах или волосах, что снова сделает ее для меня живой. И кстати, ищу я не ту Джун, которая была тебе знакома, в противном случае я бы пугал старушек. А ту девушку, на которой когда-то женился...

Джун на фотографии в рамке. Бернард положил руку мне на локоть.

— Есть и еще кое-что. В первые полгода я никак не мог отделаться от мысли, что она попытается со мной связаться. Ничего необычного в этом, видимо, нет. Скорбь заставляет человека быть суеверным.

— Как-то не очень укладывается в твою научную картину мира.

Фраза вышла неожиданно легкомысленной и резкой, и я уже успел о ней пожалеть, но Бернард кивнул:

— Ты совершенно прав, и я, конечно, постепенно пришел в себя, как только набрался сил. Но какое-то время мне казалось, что если мир неким немыслимым образом действительно таков, каким она его себе вообразила, тогда она просто не сможет не связаться со мной, чтобы сказать, что я был не прав, а она права: что на свете действительно существует Бог, и вечная жизнь, и место, куда душа отправляется после смерти. И прочая чушь. И что она каким-то манером постарается сделать это через девушку, похожую на нее. И в один прекрасный день какая-нибудь из этих девушек явится ко мне с посланием.

— А теперь?

— Теперь это вошло в привычку. Я смотрю на девушку и оцениваю ее с той точки зрения, сколько в ней от Джун. Те девушки, которые только что прошли мимо нас...

— Да?

— Та, что слева. Не обратил внимания? Губы у нее точь-в-точь как у Джун и овал лица тоже почти такой же.

— Я не разглядел ее лица.

Бернард чуть сильнее сжал мне руку.

— Я все-таки должен спросить тебя, поскольку постоянно об этом думаю. Давно уже хотел спросить. Она говорила с тобой об интимных вещах — о нас с ней?

Нелепое воспоминание о «размерах», которыми «обзавелся» Бернард, заставило меня на миг смутиться.

— Ну конечно. Она постоянно думала о тебе.

— И о какого рода вещах шла речь?

Скрыв один набор шокирующих подробностей, я почувствовал себя обязанным предъявить другой, равноценный.

— Ну... э-э... она рассказала мне про первый раз, когда вы... про ваш первый раз.

— Н-да.

Бернард отдернул руку и сунул ее в карман. Какое-то время, пока он обдумывал услышанное, мы шли молча. Впереди, прямо посередине улицы 17 июня, сбились в кучу микроавтобусы новостных компаний, передвижные аппаратные, спутниковые антенны, подъемные краны с камерами и грузовики с генераторами. Под деревьями Тиргартена немецкие рабочие выгружали из машины темно-зеленые будки переносных туалетов.

Вдоль длинной нижней челюсти Бернарда ходили желваки. Голос у него сделался глухим. Нас явно ожидал приступ гнева.

— Значит, именно об этом ты и вознамерился писать?

— Послушай, я ведь даже еще и не приступал...

— А тебе не приходило в голову узнать мое мнение на сей счет?

— Я в любом случае покажу тебе все, что напишу. Ты же знаешь.

— Боже правый! О чем она думала, когда рассказывала тебе подобные вещи?

Мы поравнялись с первой из спутниковых тарелок. Из темноты навстречу нам катились подгоняемые легким ветерком пластиковые стаканчики из-под кофе. Бернард раздавил один ногой. В толпе, собравшейся возле ворот, примерно в ста метрах от нас, раздались не слишком дружные аплодисменты. Хлопали добродушно, наполовину дурачась, как хлопает публика, собравшаяся на концерт, когда на сцену поднимают рояль.

— Послушай, Бернард, то, что она мне рассказала, носит ничуть не более интимный характер, чем твой рассказ о ссоре на станции. Если хочешь знать, главная тема была: насколько смелым шагом для юной девушки это считалось в те времена, что лишний раз доказывало, насколько сильно она была к тебе привязана. И кстати, ты в этой истории выглядишь просто на зависть. Складывается такое впечатление, что ты был... ну, скажем так, весьма одарен по этой части. Собственно, она употребила слово «гений». Она рассказала мне, как ты метнулся через всю комнату, распахнул окно во время грозы и принялся кричать по-тарзаньи, а в комнату вихрем летели листья...

Бернарду пришлось кричать, чтобы перекрыть гул дизельного генератора:

— Бог ты мой! Да ведь это было совсем в другой раз! Два года спустя. Это было в Италии, мы снимали комнату на втором этаже, а под нами жили хозяева, старик Массимо и его тощая жена. Они у себя в доме вообще не терпели никакого шума. А потому занимались мы этим не дома, а в полях, где угодно, где могли найти место. А потом однажды вечером разразилась жуткая гроза, она и загнала нас в дом, и вокруг так грохотало, что они нас все равно не слышали.

— М-да...— начал было я.

Но гнев Бернарда уже перекинулся на Джун:

— Зачем, интересно знать, она все это выдумала? Книжки стряпала, вот зачем! Наш первый раз — это была катастрофа, полная и беспросветная катастрофа. Она его переписала для официальной версии. Выкрасила и залакировала.

— Если ты хочешь все расставить по своим местам...

Бернард смерил меня подчеркнуто презрительным взглядом и двинулся дальше, выговаривая на ходу:

— Мое представление о мемуарах несовместимо с описаниями чужой сексуальной жизни, как будто это какое-то идиотское шоу. Неужели тебе кажется, что в конечном счете жизнь сводится именно к этому? К голому траханью? К сексуальным триумфам и неудачам? Чтобы публике было над чем посмеяться?

Мы проходили мимо телевизионного фургона. Я заглянул внутрь и увидел дюжину мониторов с одним и тем же изображением: репортер хмурится, держа в одной руке какие-то записи, с другой у него небрежно свисает болтающийся на проводе микрофон. Из толпы донесся громкий вздох, долгий, нарастающий гул недовольства, который постепенно начал набирать силу и превращаться в ропот.

Настроение у Бернарда внезапно поменялось. Он резко развернулся ко мне.

— Ну что, я так понимаю, что тебе очень хочется все знать! — крикнул он.— И вот что я тебе скажу. Моя жена могла интересоваться поэтической истиной, истиной духовной или даже своей личной истиной, но ей никакого дела не было до *истины,* до фактов, до той самой истины, которую два разных человека могут признать таковой независимо друг от друга. Она выстраивала системы, выдумывала мифы. А потом выстраивала факты в соответствии с ними. Бога ради, забудь ты про секс. Вот тебе тема: как люди, подобные Джун, подгоняют факты под собственные идеи, вместо того чтобы делать наоборот. Почему люди занимаются этим? Почему они до сих пор продолжают этим заниматься?

Ответ был очевиден, но я как-то все не решался произнести его вслух — и тут мы дошли до края толпы. Две-три тысячи человек собрались для того, чтобы увидеть, как Стену разрушат в самом важном, символически значимом месте. Возле трехметровых бетонных блоков, которые перегораживали подход к воротам, стояла цепочка молодых и явно нервничающих восточногерманских солдат, лицом на запад. Табельные револьверы были при них, но кобура висела подальше от глаз, за спиной. Перед шеренгой прохаживался взад-вперед офицер, курил и посматривал на толпу. За спиной у солдат высился ярко освещенный облупленный фасад Бранденбургских ворот с еле-еле колышущимся на ветру флагом Германской Демократической Республики. Толпу сдерживали барьеры, а гул возмущения, судя по всему, был адресован западноберлинской полиции, которая уже начала перегораживать своими микроавтобусами подступы к бетонному ограждению. В тот самый момент, как мы подошли, кто-то бросил в одного из солдат полную пивную банку. Она пролетела высоко и быстро, оставляя за собой пенный след, тут же выхваченный из темноты бьющими поверх голов телевизионными прожекторами, и, когда она прошла над головой молодого солдата, из толпы тут же раздались возмущенные крики и призывы по-немецки не допустить насилия. Голоса звучали несколько необычно, и тут до меня дошло, что десятки людей сидят на деревьях.

Протиснуться в первые ряды нам особого труда не составило. Толпа там оказалась куда более цивилизованной и разношерстной, чем я себе представлял. Маленькие дети сидели на плечах у родителей, и оттуда им все было видно ничуть не хуже, чем Бернарду. Двое студентов продавали мороженое и воздушные шарики. Старик в черных очках и с белой тростью стоял, задрав подбородок, и слушал. Вокруг него зияло обширное пустое пространство. Когда мы подошли к барьеру, Бернард указал мне на западноберлинского полицейского офицера, который разговаривал с восточногерманским армейским офицером.

— Обсуждают, как им контролировать толпу. Полпути к объединению уже пройдено.

После недавней вспышки манера держаться у Бернарда сделалась несколько отстраненной. Он оглядывался вокруг с невозмутимым, едва ли не царственным видом, который плохо вязался с утренним возбужденным состоянием. Должно быть, и событие это, и все эти люди обладали для него своеобразным очарованием, но до определенного предела. Через полчаса стало ясно, что ничего такого, что удовлетворило бы толпу, здесь не произойдет. Не было видно ни кранов, которые смогли бы оторвать от земли пару участков Стены, ни тяжелой техники, которая сдвинула бы с места бетонные блоки. Но Бернард уходить не хотел. Так что мы остались стоять и мерзнуть дальше. Толпа — существо медлительное и недалекое, и ума у нее куда меньше, чем у любого из составляющих ее людей. Эта конкретная толпа приготовилась простоять здесь всю ночь, терпеливо, как сторожевой пес, в ожидании события, которое, как всем нам было совершенно ясно, не произойдет. Во мне начало подниматься чувство раздражения. Повсюду в городе шел праздник; здесь же, кроме тупого терпения толпы и сенаторского спокойствия Бернарда, смотреть было не на что. Прошел еще час, прежде чем мне удалось уговорить его пройтись пешком до блокпоста «Чарли».

Мы двинулись по тропинке вдоль Стены; цветистые граффити на ее поверхности в свете фонарей казались черно-белыми. Справа виднелись заброшенные здания и пустыри с мотками проволоки, горами мусора и разросшимся за лето бурьяном.

На языке у меня давно вертелся вопрос, и сдерживаться мне больше не хотелось.

— Ты ведь десять лет оставался в партии. Для этого тебе наверняка пришлось не раз и не два подгонять под идею факты.

Мне хотелось вывести его из этого самодовольного спокойствия. Но в ответ он всего лишь пожал плечами, поглубже закутался в пальто и сказал:

— Ну да, конечно.

Он остановился в узком проходе между Стеной и каким-то заброшенным зданием, пропуская вперед шумную компанию американских студентов.

— Как там звучит эта цитата из Исайи Берлина, которую не вспоминал только ленивый, особенно в последнее время,— насчет фатального свойства утопий. Он пишет: «Если мне точно известно, как привести человечество к миру, справедливости, счастью и безграничному созиданию, есть ли цена, которая покажется слишком высокой? Для того чтобы сделать этот омлет, я должен иметь право разбить столько яиц, сколько сочту нужным»*. Обладая тем знанием, которое у меня есть, я попросту не исполню собственного долга, если не смирюсь с мыслью о том, что здесь и сейчас может возникнуть необходимость принести в жертву тысячи людей, дабы обеспечить вечное счастье миллионов. В те времена мы формулировали эту мысль совсем иначе, но общее направление подхвачено верно. Если ты игнорировал или переформатировал пару неудобных фактов ради того, чтобы сохранить единство партии, какое это имело значение по сравнению с потоками лжи, которыми обливала нас капиталистическая пропагандистская машина, как мы ее тогда называли? Так что ты впрягаешься в работу на общее благо, а вода вокруг тебя поднимается все выше. Мы с Джун вступили в партию довольно поздно, и с самого начала воды уже было по колено. Новости, которых мы не хотели слышать, все равно просачивались. Показательные процессы и чистки тридцатых годов, насильственная коллективизация, массовые депортации, трудовые лагеря, цензура, ложь, гонения, геноцид... В конце концов противоречия становятся слишком вопиющими, и ты

---

* Высказывание восходит к крылатой фразе Робеспьера. Если учесть общие «французский» и «революционный» пласты романа, цитата отнюдь не будет казаться случайной.

ломаешься. Но гораздо позже, чем следовало бы. Я положил билет на стол в пятьдесят шестом, чуть было не сделал этого в пятьдесят третьем, а должен был бы положить его в сорок восьмом. Но ты продолжаешь упорствовать. Ты думаешь: сами по себе идеи хороши, вот только у руля стоят не те люди, но ведь это не навсегда. К тому же проделана такая большая работа, не пропадать же ей даром. Ты говоришь себе: никто не обещал нам легкой жизни, практика пока еще не успела прийти в соответствие с теорией, на это требуется время. Ты убеждаешь себя в том, что идет «холодная война» и большая часть этих слухов — клевета. И разве можешь ты так жестоко ошибаться, разве может ошибаться такое количество умных, смелых, самоотверженных людей? Не будь у меня научной подготовки, я, наверное, цеплялся бы за все это еще дольше. Именно лабораторная работа демонстрирует со всей наглядностью, насколько это просто: подгонять результат под теорию. Это в нашей природе — желания наши сплошь пронизывают нашу систему восприятия. Хорошо поставленный эксперимент обычно спасает от этой напасти, вот только этот эксперимент уже давно вышел из-под контроля. Фантазия и реальность тянули меня в разные стороны. Венгрия была последней каплей. Я сломался.

Он помолчал немного, а потом заметил спокойно:

— В этом и состоит разница между Джун и мной. Она вышла из партии за много лет до меня, но так и не сломалась, так и не научилась отделять фантазию от реальности. Просто сменила одну утопию на другую. Политик она или проповедник, не важно, главное — фанатичная вера в идею...

Вот так оно и вышло, что в конце концов контроль над собой потерял именно я. Мы проходили мимо участка Стены и прилегающей пустоши, до сих пор известной как Потсдамерплац, проталкиваясь между группами людей, собравшихся у ступеней смотровой площадки и у киоска с сувенирами в ожидании хоть каких-то событий. Больше всего вывела меня из равновесия даже не столько откровенная несправедливость сказанного Бернардом, сколько отчаянно вспыхнувшее раздражение на трудности человеческой коммуникации,— и передо мною возник образ повернутых друг к другу зеркал, лежащих в постели вместо любовников, с уходящей в бесконечность последовательностью постепенно бледнеющих подобий истины, вплоть до полного ее претворения в ложь. Я резко развернулся к Бернарду и нечаянно выбил запястьем из руки у стоящего рядом человека что-то мягкое и теплое. Сосиску в булочке. Но я был слишком возбужден, чтобы извиниться перед ним. Люди на Потсдамерплац соскучились по зрелищам; как только я начал кричать, все головы повернулись в нашу сторону и вокруг нас начал выстраиваться круг.

— Херня полная, Бернард! Хуже того, злонамеренная! Ты лжец!

— Мальчик мой...

— Ты же никогда не слушал того, что она тебе говорила. И она тоже не слушала. Вы обвиняете друг друга в одном и том же. И фанатиком она была ничуть не в большей степени, чем ты. Два идиота! И каждый пытается взвалить на другого собственное чувство вины.

Я услышал, как у меня за спиной мою последнюю фразу торопливым шепотом переводят на немецкий. Бернард попытался вывести меня за пределы круга. Но я был настолько зол, что с места двигаться отказался напрочь.

— Она говорила мне, что любила тебя всегда. И ты говоришь то же самое. Какого черта вы потратили столько времени, и чужого тоже, и ваши дети...

Именно это последнее, незаконченное обвинение вывело Бернарда из состояния замешательства. Он стиснул губы так, что рот превратился в прямую линию, и сделал шаг назад. Неожиданно весь мой гнев куда-то улетучился, и место его занял неизбежный приступ раскаяния: кто сей выскочка, который пытается на тонах, мягко говоря, повышенных что-то объяснить этому достойному джентльмену относительно брака, возраст которого вполне сопоставим с его собственным возрастом? Толпа утратила к нам интерес и понемногу начала перетекать обратно, в очередь за модельками часовых башен и за открытками с изображением нейтральной зоны или пустых песчаных пляжей контрольно-следовой полосы.

Мы двинулись дальше. Я еще не настолько пришел в себя, чтобы извиниться за вспышку. Единственное, на что я был пока способен, это понизить до минимума тон и хотя бы по видимости сохранять здравость мысли. Шли мы бок о бок, быстрее, чем раньше. О том, что и у Бернарда в душе бушует ураган, свидетельствовало выражение его лица — или, вернее, отсутствие всякого выражения.

Я сказал:

— Она не просто перескакивала с одной пригрезившейся ей утопии на другую. Она искала. Она не пыталась делать вид, что знает ответы на все вопросы. Это был поиск, приключение, которого она искренне желала бы любому человеку, хотя и не пыталась ничего никому навязывать. Да и возможностей у нее таких не было. Она же не инквизицию пыталась учредить. К догматике, к организованным формам религии у нее интереса не было. Картинка, которую нарисовал Исайя Берлин, в данном случае не имеет отношения к делу. Не бы-

ло такой цели, ради которой она стала бы жертво-
вать другими людьми. Никаких яиц она разби-
вать...

Перспектива хорошего спора оживила Бернарда. Он встрепенулся, и я сразу же почувствовал, что
меня простили.

— Ты не прав, мальчик мой, совершенно не
прав. Назови это хоть поиском, хоть приключени-
ем, обвинения в абсолютизме это с нее не снимает.
Ты мог быть либо с ней вместе, делать то же самое,
что делает она, либо — нет тебя. Ей хотелось меди-
тировать, изучать мистические тексты и все такое,
и ничего дурного в этом нет, вот только это не для
меня. Я предпочел вступить в лейбористскую партию. А этого она перенести не могла никак. И в конечном счете настояла на том, что жить мы будем
раздельно. Я как раз и был одним из тех яиц. Были и
другие — дети, например.

Пока Бернард говорил, я пытался понять, чем,
собственно, я в данный момент занят: пытаюсь примирить его с покойной женой?

Так что сразу после того, как он договорил последнюю фразу, я дал понять, что полностью с ним
согласен, поднял руки ладонями вперед и сказал:

— Слушай, а чего тсбс больше всего пе хватало, когда она умерла?

Мы дошли до одного из тех мест у Стены, где
прихоть картографа или какой-нибудь давно забы-

тый приступ политического упрямства вызвали к жизни внезапный спазм, изгиб прямой линии, при том, что буквально через несколько метров Стена возвращалась к прежнему своему течению. В непосредственной близости от этого места стояла пустая дозорная вышка. Не говоря ни слова, Бернард начал карабкаться вверх по лестнице, и я за ним следом. Взобравшись наверх, он указал на что-то рукой:

— Смотри.

Вышка напротив, как и следовало ожидать, тоже пустовала, а внизу, в свете люминесцентных прожекторов, на расчерченном граблями песке, под которым скрывались мины противопехотные и мины-ловушки, а также автоматические спуски для пулеметных турелей, десятки кроликов беззаботно перескакивали от одного клочка зелени к другому.

— Ну, хоть кому-то это пошло на пользу.

— Их счастливые времена скоро кончатся.

Какое-то время мы постояли молча. Смотрели мы вдоль Стены, которая, собственно, представляла собой две параллельные стены, разнесенные в этой точке примерно метров на сто пятьдесят. Я ни разу еще не был на границе ночью и, глядя вниз на этот широкий коридор, на проволоку, песок, подсобную дорогу и симметричные линии фонарей, поражался его незамутненной ясности, его невинному бесстыдству. Как правило, государственная система всеми силами старается скрывать свою жестокую, нечеловеческую сущность, здесь же она была явлена с рекламной прямотой и светилась едва ли не ярче, чем неоновые огни на Куфюрстендамм.

— Утопия.

Бернард вздохнул и, видимо, собрался было что-то ответить, но тут до нас донеслись людские голоса и смех сразу с нескольких сторон. Наблюдательная вышка заходила ходуном: люди двинулись вверх по деревянной лестнице. Наше уединение оказалось чистой воды случайностью, прорехой в толпе. Буквально через несколько секунд рядом с нами толпилось еще человек пятнадцать, щелкая фотоаппаратами и возбужденно переговариваясь по-немецки, по-японски и по-датски. Мы протиснулись вниз по лестнице, навстречу восходящему потоку, и пошли дальше.

Я решил, что Бернард забыл о моем вопросе или решил на него не отвечать, но, когда дорожка вышла к ступенькам старого здания Рейхстага, он сказал:

— Больше всего мне недостает ее серьезного отношения к жизни. Она была одной из немногих знакомых мне людей, которые собственную жизнь воспринимали как некий проект, предприятие, что-то такое, что нужно взять под контроль и направить, ну, скажем, к пониманию, к мудрости — если воспользоваться ее собственной терминологией. Большинство из нас планы строят в отношении денег, карьеры, детей и так далее. Джун же пыталась понять — бог знает — себя саму, экзистенцию, «творение». И ее раздражало, что все мы просто плывем по течению, пассивно принимая то, что с нами происходит, «как сомнамбулы» — ее слова. Той чуши, которой она забивала себе голову, я терпеть не мог, но я был просто влюблен в ее серьезное отношение к жизни.

Мы подошли к краю большого котлована, двадцатиметровой траншеи, окруженной грудами земли. Бернард остановился и добавил:

— Долгие годы мы с ней либо воевали, либо попросту игнорировали друг друга, однако ты прав, она меня любила, и если взглянуть на это с твоей точки зрения...

Он сделал жест в сторону траншеи.

— Я об этом читал. Здесь когда-то была штаб-квартира гестапо. А теперь вот копают, изучают прошлое. Я не знаю, каким образом человек моего поколения должен реагировать на такие вещи — преступления гестапо, нейтрализованные археологией.

Теперь я заметил, что траншея выкопана вдоль чего-то, похожего на тюремный коридор, в который выходили двери из выложенных белым кафелем камер,— мы стояли как раз над ними. В каждой из них едва-едва мог поместиться один заключенный, и в каждой в стену были вмонтированы два железных кольца. В дальней части пустыря стояло невысокое здание, музей.

Бернард сказал:

— Они раскопают ноготь, выдернутый у какого-нибудь несчастного, вычистят его и поместят в снабженный ярлычком стеклянный ящик. А в километре отсюда штази сейчас тоже наверняка чистят свои собственные камеры.

В голосе его всплеснула такая горечь, что я обернулся и посмотрел на него. Он прислонился всем телом к металлической опоре фонаря. Выглядел он усталым и исхудавшим; если снять пальто, как раз и останется — столб. Он провел на ногах уже почти три часа, а теперь его сушил остаточный гнев — от войны, которую как очевидцы теперь могут вспомнить только люди старые и слабые.

— Тебе бы передохнуть не мешало,— сказал я.— Тут неподалеку есть кафе, как раз возле блокпоста «Чарли».

Я понятия не имел, сколько еще нам туда идти. Когда мы тронулись с места, я обратил внимание на то, как медленно и напряженно он делает каждый шаг. И выругал себя за безалаберность. Мы перешли улицу, которую Стена превратила в тупик. При свете уличных фонарей лицо Бернарда, покрытое капельками пота, выглядело серым, а глаза блестели слишком ярко. Его тяжелая нижняя челюсть, самая добродушная черта на этом большом лице, слегка подрагивала — первый намек на старческий тремор. Я разрывался между желанием подогнать его немного, чтобы как можно быстрее доставить его туда, где тепло и можно перекусить, и страхом, что ему станет плохо прямо здесь и сейчас. Я понятия не имел, как в Западном Берлине можно вызвать «скорую помощь», а здесь, в трущобном приграничье, телефонов не водилось вовсе и даже немцы были туристами. Я спросил его, не хочет ли он присесть и отдохнуть, но, судя по всему, он просто меня не услышал.

Я повторил вопрос — и тут услышал автомобильный гудок и нестройные приветственные крики. Яркие прожекторы у блокпоста «Чарли» окружили молочно-белым гало заброшенное здание впереди нас. Буквально через несколько минут мы вышли прямо к кафе, и перед нами развернулась, словно в замедленной видеозаписи, та самая сцена, которую мы с Дженни наблюдали сегодня утром по телевизору: спартанская обстановка караульных помещений, многоязычные указатели и полосатые ворота и толпа доброхотов, по-прежнему приветствующая идущих с востока пешеходов, похлопывающая по крышам «трабантов», правда, с несколько меньшей одержимостью, будто нарочно для того, чтобы продемонстрировать разницу между телевизионной постановкой и реальной жизнью.

Я подхватил Бернарда под руку, и мы остановились, чтобы впитать в себя это зрелище. Потом протиснулись сквозь толпу ко входу в кафе. Однако оказалось, что люди, мимо которых мы шли, стояли в очереди и внутрь их пропускали только тогда, когда освобождалось место. А кто захочет освобождать столик в такой час? Сквозь запотевшие изнутри окна видны были счастливые обладатели еды и напитков, словно ватой обернутые спертым воздухом кафе.

Я уже совсем было вознамерился проложить себе дорогу внутрь силой, сославшись на медицинскую необходимость, но тут Бернард вырвал у меня руку и быстрым шагом пошел прочь через дорогу, к островку безопасности возле американской караулки, где, собственно, и столпилась большая часть людей. До самой этой секунды я не видел того, что видел он. После он уверял меня в том, что все составные части ситуации уж были на своих местах, когда мы вышли к блокпосту, но я увидел красный флаг только после того, как окликнул Бернарда и побежал за ним следом. Флаг был прикреплен к короткой палке — может быть, просто отпилили ручку от швабры,— и держал его в руках худощавый парнишка лет двадцати с небольшим. На вид он был похож на турка. Черные курчавые волосы, черная одежда: черный двубортный пиджак поверх черной футболки и черных джинсов. Он прохаживался перед толпой, откинув назад голову и положив флагшток на плечо. Когда он сходил с бордюра и оказывался на пути у очередного «вартбурга», дорогу он уступать не спешил, и машинам приходилось объезжать его.

Это была откровенная провокация, и она как раз начала приносить вполне ожидаемые плоды, поэтому Бернард и сорвался с места. Противники молодого человека представляли собой компанию довольно пеструю, но на кого я сразу обратил внимание, так это на двоих мужчин в деловых костюмах — юристов или бизнесменов,— стоявших прямо у края тротуара. Когда молодой человек проходил мимо, один из них молниеносно выбросил руку и ударил его в подбородок. Это был даже не столько удар, сколько пощечина. Революционный романтик отскочил в сторону и пошел дальше, делая вид, что ничего не случилось. Старуха в меховой шапке выкрикнула в его адрес какую-то длинную фразу и подняла зонтик. Стоявший рядом с ней господин принялся ее успокаивать. Человек с флагом поднял свой символ веры повыше. Второй похожий на адвоката мужчина сделал несколько шагов вперед и съездил ему в ухо. Удар прошел вскользь, но его хватило, чтобы парень пошатнулся. Даже не дотронувшись до того места, на которое пришелся удар, он двинулся дальше. К этому моменту Бернард успел добраться уже до середины дороги, я бежал следом.

С моей точки зрения, человек с флагом вполне заслужил все то, на что столь откровенно напрашивался. Я беспокоился за Бернарда. С левым коленом у него, судя по всему, было что-то неладное, но он, прихрамывая, широким шагом несся впереди меня. Он уже успел заметить следующий номер программы — куда более зловещую манифестацию, которая во весь опор мчалась со стороны Кохштрассе. Их было примерно с полдюжины, и они перекликались на бегу. Слова я слышал, но до какого-то момента не придавал им значения. В городе праздник, вечер выдался длинный, и вот им захотелось выкинуть хоть что-нибудь — так мне хотелось думать. Они заметили, как парня ударили по голове, и их это явно воодушевило. Им было лет по шестнадцать — двадцать. Вся эта группа буквально излучала этакую жлобскую злобу: экстравагантные деграданты с прыщавыми бледными лицами, бритыми головами и отвисшей влажной нижней губой. Турок заметил, что они бегут по направлению к нему, дернул головой, как танцор танго, и повернулся к ним спиной. Вести себя эдак вот в этом месте в день полного и окончательного крушения коммунизма мог либо мученик, заранее примеряющий нимб святого, либо безнадежный мазохист, которому доставляет удовольствие, когда его избивают публично. Понятно, что большая часть толпы считала его чокнутым и не обращала на него внимания. В конце концов, Берлин видал и не такие виды. Но сегодня степень опьянения была как раз подходящей, и в некоторых головах явно успело возникнуть смутное желание хоть кого-нибудь хоть за что-нибудь наказать — и, видимо, человек с флагом умудрился привлечь их внимание.

Я догнал Бернарда и положил руку ему на плечо.

— Бернард, не вмешивайся. Это опасно.

— Чушь,— сказал он и стряхнул мою руку.

Мы оказались возле турка на несколько секунд раньше, чем парни. От него сильно пахло пачулями. В моем представлении марксистско-ленинская мысль должна была иметь несколько иной запах. В том, что он дешевая подделка, не осталось никаких сомнений. Я едва успел сказать: «Пойдем отсюда» — и дернуть Бернарда за рукав, когда подоспела банда подростков. Он встал между ними и их жертвой и раскинул руки в стороны.

— Спокойно,— сказал он старомодным, наполовину строгим, наполовину добродушным голосом английского «бобби».

Неужели ему и впрямь показалось, что он слишком старый, слишком худой и длинный, слишком внушительный и потому его не станут бить? Парни остановились как вкопанные, сбившись в кучу, тяжело дыша, вывалив язык и отвесив нижнюю челюсть, ошарашенные этим жердяем, этим пугалом в пальто, которое встало у них на пути. Я заметил, что у двоих на лацканах пришпилены серебряные свастики. У другого свастика была вытатуирована на костяшке кулака. Обернуться назад я не решился, но почему-то мне показалось, что турок воспользовался представившейся возможностью, чтобы свернуть флаг и улепетнуть восвояси. Двое похожих на адвокатов мужчин, поразившись тому, чем обернулась их собственная наклонность к насильственным действиям, затесались поглубже в толпу и стали наблюдать за нами.

Я огляделся вокруг, надеясь на помощь. Американский сержант и двое солдат как раз отправились на переговоры со своими восточногерманскими визави и в этот момент удалялись от нас. Удивление молодых людей быстро переросло в гнев. Внезапно двое из них рванули с места, пробежав мимо Бернарда, но знаменосец уже успел протиснуться сквозь дальние охвостья толпы и удирал теперь во все лопатки. Он завернул за угол на Кохштрассе и исчез.

Двое бритоголовых кинулись было следом, но как-то вполсилы, и вскоре вернулись к нам. Бернард тоже сойдет.

— А теперь проваливайте отсюда, — твердым голосом сказал он и махнул на них, как на стаю птиц, тыльными сторонами ладоней.

Я подумал: интересно, а оттого, что эти люди со свастиками именно немцы, как следует к ним относиться, с большим пониманием или с большим отвращением? Но тут самый маленький из них, башкастый парнишка в летной куртке, выскочил вперед и ногой ударил Бернарда в голень. Я услышал тупой звук удара ботинка о кость. Еле слышно — удивленно — выдохнув, Бернард сложился по частям и осел на асфальт.

Толпа возмущенно заворчала, но помочь никто не спешил. Я сделал шаг вперед, попытался ударить в ответ, но промахнулся. Впрочем, парню и его приятелям я был неинтересен. Они уже собирались вокруг Бернарда, приготовившись, видимо, забить его ногами насмерть. Последний взгляд в сторону караулки результатов не дал: сержанта и солдат видно не было. Я дернул одного из парней назад за воротник и попытался дотянуться до второго. Но их для одного меня было слишком много. Я увидел, что два, а может быть, и три черных башмака уже занесены для удара.

Но с места они так и не двинулись. Они замерли в воздухе, потому что именно в эту секунду из толпы выскочила фигурка и вихрем пролетела мимо меня, поливая парней отчаянной и хлесткой скороговоркой. Это была молодая женщина, и она была в ярости. Ее власть была властью улицы. Ее слова били прямо в цель. Она была ровесницей, предметом вожделения и страсти. Она была звезда и застала их за деянием постыдным, даже по их собственным меркам.

Она презирала их, и корни этого презрения уходили в сексуальность. Им казалось, что они мужчины, она же низвела их до нашкодивших детей. Они не могли себе позволить стушеваться перед ней, показать спину. Но именно это они и сделали, хотя и пытались, как могли, сохранить лицо: они смеялись, пожимали плечами, выкрикивали в ее адрес гнусности. Они притворились, друг перед другом, перед самими собой, что им вдруг стало скучно, что где-нибудь там им будет куда интересней. Они двинулись в сторону Кохштрассе, но молодая женщина никак не унималась. Очень может быть, что они куда охотнее попросту сбежали бы от нее, но протокол требовал этакой отвязной, самодовольной походочки. Она шла за ними, кричала на них и размахивала кулаком, а им оставалось только свистеть в ответ и оттопыривать в карманах джинсов большие пальцы.

Я помог Бернарду подняться на ноги. И только когда молодая женщина вернулась, чтобы посмотреть, что с ним, и когда с ней рядом появилась подруга, одетая точь-в-точь как она, я узнал в них ту пару, что прошла мимо нас на улице 17 июня. Они подхватили Бернарда с двух сторон, пока он пробовал, выдержит ли нога вес его тела. Судя по всему, перелома не было. Когда он оперся о мое плечо и мы двинулись прочь от блокпоста «Чарли», кто-то в толпе начал хлопать.

До перекрестка, где мы надеялись поймать такси, мы дошли за несколько минут. Все это время мне хотелось, чтобы Бернард тоже вспомнил, кто была его спасительница. Я спросил, как ее зовут — Грета,— и повторил имя вслух специально для него. Его донимала боль, он скорчился от боли, он, может статься, был в состоянии легкого шока, а я настойчиво пытался заинтересовать его — и чем? Посрамлением рационалиста? В нем? В себе самом?

В конце концов Бернард поднял руку, не глядя протянул ее девушке и сказал:

— Грета, благодарю вас, дорогая моя. Вы спасли мою тушку.

Но смотрел он при этом совсем в другую сторону.

Мне казалось, что на Кохштрассе у меня будет время порасспросить Грету и ее подружку Диану о том, кто они такие, но, как только мы подошли, подъехало такси и начало выгружать пассажиров — и мы тут же подозвали водителя. Возникло некое зияние — пока мы усаживали Бернарда в машину, и благодарили, и прощались, и снова благодарили,— по ходу которого я надеялся, что он, по крайней мере, бросит взгляд на своего ангела-хранителя, на эту инкарнацию Джун.

Девушки пошли своей дорогой, и я помахал им через заднее стекло, а потом, перед тем как сказать водителю, куда ехать, спросил у Бернарда:

— Ты их не узнал? Те самые, которых мы видели у Бранденбургских ворот, когда ты сказал мне, что какое-то время ждал весточки от...

Бернард как раз пытался поудобнее устроить голову на подголовнике и прервал меня вздохом. Говорил он нетерпеливо, обращаясь к обитому материей потолку машины в десятке сантиметров от собственного лица:

— Да. Чистой воды совпадение, как мне кажется. А теперь, бога ради, Джереми, отвези меня домой!

Часть третья

■

Майданек. Ле-Сальс. Сан-Морис-де-Наваселль, 1989

Весь следующий день он не выходил из квартиры в Кройцберге. Валялся на кушетке в крохотной тамошней гостиной, с видом довольно мрачным, и разговору предпочитал телевизор. Зашел врач, приятель Гюнтера, чтобы осмотреть больную ногу. Судя по всему, никаких переломов действительно не было, но по возвращении в Лондон он порекомендовал сделать рентген. Ближе к обеду я вышел прогуляться. Вид у улиц был вполне похмельный: под ногами пивные банки и битые бутылки, вокруг ларьков с фастфудом бумажные салфетки, запачканные горчицей и кетчупом. Днем, пока Бернард спал, я почитал газеты и записал нашу с ним вчерашнюю беседу. Вечером он по-прежнему был неразговорчив. Я опять вышел прогуляться и выпил пива в ближайшем баре. Народ снова начинал праздновать, но мне хватило вчерашнего. Через час я вернулся на квартиру, и к половине одиннадцатого мы оба уже уснули.

Между утренним вылетом Бернарда в Лондон и моим в Монпелье через Франкфурт и Париж разница была всего в час. Я договорился, чтобы один из братьев Дженни встретил его в Хитроу. Выглядел Бернард несколько оживленнее. Он проскакал через терминал в Тегеле, на удивление ловко управляясь с позаимствованной по случаю тростью. Ею же он отсалютовал служащему авиакомпании и напомнил ему о заранее заказанном кресле-каталке. Бернарда уверили в том, что оно будет ждать его в секторе вылета.

Когда мы уже тронулись в нужном направлении, я сказал:

— Бернард, я хотел кое о чем спросить тебя относительно Джун и этих ее собак...

Он перебил меня:

— Опять ты о прошлом? Вот что я тебе скажу: забудь ты об этой лабуде насчет «лицом к лицу со злом» и так далее. Чушь религиозная. Но знаешь, это ведь именно я рассказал ей о «черной собаке» Черчилля. Помнишь такую? Так он называл депрессию, которая время от времени на него накатывала. Судя по всему, позаимствовал фразу у Сэмюэла Джонсона. Так что идея у Джун была проще некуда: если одна собака символизирует депрессию личную, то две — это уже нечто вроде культурной депрессии, пакостного состояния души для всей цивилизации. В общем-то, образ неплохой. Я сам часто им пользовался. Вот и возле блокпоста «Чарли» тоже о нем вспомнил. Дело-то, понимаешь ли, было не в красном флаге. Я не думаю, что они вообще обратили на него внимание. Ты слышал, что они кричали?

— *Ausländer 'raus!*

— «Иностранцы — вон!» Стена снесена, и все пляшут от радости, но рано или поздно...

Мы подошли к сектору вылета. Человек в форме с галунами подкатил кресло-каталку к Бернарду сзади, и тот со вздохом в него опустился.

Я сказал:

— Но спросить-то я хотел не об этом. Я вчера просматривал свои старые записи. Когда я в последний раз виделся с Джун, она велела мне спросить у тебя, что мэр Сан-Морис-де-Наваселль сказал насчет этих собак, когда вы обедали в кафе после того, как...

— А, «Отель де Тильёль»? О том, на что были натасканы эти псины? Лучшей иллюстрации не придумаешь. История мэра не соответствовала действительности. Или уж во всяком случае, узнать, правда это или нет, не представлялось никакой возможности. Но Джун решила в нее уверовать, просто потому, что она прекрасно укладывалась в общий контекст. Прекрасная иллюстрация того, как факты искажают в угоду идеям.

Я вручил сумки Бернарда стюарду, который составил их одна на другую на задней подножке кресла. После чего изготовился в любой момент толкнуть кресло с места, как только мы попрощаемся. Бернард откинулся на спинку, положив на колени трость. Меня царапнула мысль: а не слишком ли легко мой тесть примеряет на себя роль инвалида?

— И все-таки, Бернард,— сказал я.— Что это была за история? На что были натасканы эти собаки?

Бернард покачал головой:

— В другой раз, мальчик мой. Спасибо, что проводил.

Затем он поднял свою подбитую резиной трость — отчасти в знак прощального приветствия, отчасти в качестве сигнала стюарду, который коротко кивнул мне и покатил пассажира прочь.

Я был слишком возбужден, чтобы как следует распорядиться оставшимся часом. Я постоял у бара, прикидывая, не выпить ли мне на дорожку последнюю чашечку кофе с какой-нибудь прощальной немецкой вкусняшкой. Я долго ползал по полкам в книжном магазине, но не купил даже газеты, поскольку вчера начитался их до одури. У меня осталось еще двадцать минут, в самый раз для еще одной неспешной прогулки по терминалу. Часто, выйдя для пересадки в иностранном аэропорту, если мой собственный рейс не направляется в Англию, я ловлю себя на том, что смотрю на табло отправлений и ищу там рейсы, вылетающие на Лондон, чтобы приютить себя в теплой тяге домой, к Дженни, к собственной семье. И вот теперь, стоило мне обратить внимание на то, что такой рейс здесь всего один (на международной карте авиаперелетов Берлин оставался на роли тихих задворков), и пришло воспоминание, одно из первых моих воспоминаний о собственной жене, спровоцированное тем, что только что сказал Бернард.

В октябре 1981 года я был в Польше в составе некой аморфной культурной делегации, прибывшей туда по приглашению польского правительства. В те годы я работал администратором в одном провинциальном театре не худшего разбора. Еще в группу входили романист, журналист, пишущий на темы искусства, переводчик и двое или трое бюрократов от культуры. Единственной женщиной была Дженни Тремейн, которая представляла некую институцию, базирующуюся в Париже и финансируемую из Брюсселя. Поскольку она разом была красива и отличалась довольно раскованными манерами, враждебность со стороны некоторых членов делегации была ей обеспечена. Все началось с романиста, озадаченного очевидным парадоксом: на вполне привлекательную женщину его известность не произвела ровным счетом никакого впечатления. Он поспорил с журналистом и одним из бюрократов о том, кто из них первым ее «снимет». Общая идея состояла в том, что мисс Тремейн с ее белой веснушчатой кожей и зелеными глазами, с ее шикарной копной рыжих волос, с безукоризненным французским и отточенной манерой сверяться с дневником назначенных встреч следует поставить на место. И постоянные перешептывания вечером за стойкой гостиничного бара стали хоть как-то скрашивать вполне предсказуемую скуку официального визита. Эффект оказался довольно пакостным. Было положительно невозможно обменяться парой фраз с этой женщиной, чья резкость, как я вскоре понял, всего-то-навсего маскировала врожденную нервозность, без того, чтобы за спиной у нее народ не начал толкать друг друга локтями в бок, подмигивать друг другу, а чуть позже спрашивать меня, «в теме» я или нет.

Что особенно меня злило, так это что в каком-то — в каком-то! — смысле я действительно был «в теме». Через несколько дней по прибытии в Варшаву я был влюблен по уши, меня била любовная лихорадка. Старомодный и совершенно безнадежный случай — презабавнейшее осложнение для веселого романиста и его друзей. Первый же взгляд на нее каждый день за завтраком, на то, как она идет через гостиничный ресторан к нашему столику, вызывал у меня такое стеснение в груди, такое ощущение пустоты где-то под ложечкой, что после того, как она садилась на свое место, я не мог ни игнорировать ее, ни проявить наималейшего знака вежливости без того, чтобы на меня не обратили внимания участники пари. В итоге мой тост из черного хлеба и сваренное вкрутую яйцо так и оставались нетронутыми.

Переговорить с ней наедине никакой возможности не было. Целые дни напролет мы просиживали в комнатах для заседаний или в лекционных залах с издателями, переводчиками, журналистами, правительственными чиновниками и людьми из «Солидарности», ибо «Солидарность» в те дни как раз была на подъеме и, хотя мы, конечно, не могли об этом знать, через несколько недель должна была сойти со сцены, попасть под запрет после переворота, устроенного генералом Ярузельским. Тема для разговоров была одна — Польша. Она неотступно кружила над нами и впечатывалась в нас, когда мы перебирались из одного мрачного неприбранного помещения, из одного табачного марева в другое. Что есть Польша? Что есть «Солидарность»? Может ли победить демократия? Будет ли она способна постоять за себя? Станут ли вмешиваться русские? Является ли Польша частью Европы? А как насчет крестьян? Очереди за продовольствием росли день ото дня. Правительство обвиняло в этом «Солидарность», все остальные — правительство. Проходили демонстрации, зомовцы* разгоняли их дубинками, студенты занимали университетские здания, и снова споры чуть не до утра. Прежде мне и в голову не приходило задумываться о судьбах Польши, и вот буквально за неделю я, как и все прочие, в равной степени поляки и иностранцы, сделался записным и заинтересованным экспертом если и не в том, что касалось ответов на вопросы, то, по крайней мере, в том, что касалось умения правильно поставить вопрос. Мои собственные политические убеждения превратились в полный хаос. Поляки, которыми я инстинктивно восхищался, требовали от меня поддержки именно тех западных политиков, которым я менее всего доверял, и язык антикоммунизма, который до сей поры я привык ассоциировать с больными на голову идеологами правой ориентации, был абсолютно естествен здесь, где коммунизм представлял собой огромную систему привилегий, коррупции и санк-

---

* Моторизованные отряды милиции особого назначения, создававшиеся изначально (1956 г.) как силы быстрого реагирования для применения в контртеррористических и аналогичных мероприятиях. В период активного противостояния между коммунистическим польским правительством и «Солидарностью» (1981—1983 гг.) активно использовались для разгона манифестаций и для акций физического устрашения.

ционированного насилия, был духовной заразой, набором нелепых и неправдоподобных идей, и, хуже того, он был орудием и опорой иностранной оккупации.

И всякий раз где-нибудь неподалеку, буквально через несколько стульев от меня, оказывалась Дженни Тремейн. У меня болело горло, глаза саднило от сигаретного дыма в непроветриваемых комнатах, перед глазами плыло и подкатывала тошнота от еженощных бдений и ежеутренних похмелий, я был жесточайшим образом простужен, я нигде не мог найти бумажных салфеток, чтобы высморкаться, и температура у меня постоянно была гораздо выше, чем следовало бы. По дороге на заседание, посвященное польскому театру, меня вырвало в сточную канаву, к вящему раздражению стоявших неподалеку в очереди за хлебом женщин, которые сочли, что я пьян. Лихорадка, радостное возбуждение и общее болезненное состояние слились воедино, и трудно было различить, чему здесь причиной является Польша, чему — Дженни, а чему зловредный и циничный романист и его подпевалы, которых я искренне презирал и которым нравилось зачислять меня в свои ряды и провоцировать, ставя время от времени в известность о том, на каком месте, по их оценкам, я на данный момент иду в этих дурацких бегах.

В начале второй недели Дженни озадачила меня, попросив съездить с ней за компанию в Люблин, то есть километров примерно за сто шестьдесят. Она хотела посетить концентрационный лагерь Майданек и отснять там несколько пленок для знакомого, который писал какую-то книгу. За три года до этого, когда я еще занимался подготовкой авторских программ для телевидения, мне пришлось съездить в Бельзен, и я дал себе слово, что ни в один концлагерь я отныне ни ногой. Одна поездка необходима в чисто познавательных целях, вторая свидетельствовала бы о том, что с психикой у меня не все в порядке. И вот теперь призрачно-бледная женщина звала меня вернуться. Мы остановились, чтобы переговорить об этом прямо у дверей моей комнаты, сразу после завтрака. На первую назначенную на сегодня встречу мы уже опоздали, и, судя по всему, ответ она хотела получить незамедлительно. Она объяснила, что раньше в концентрационных лагерях ей бывать не доводилось и ей бы очень хотелось отправиться туда с кем-то, кого она могла бы считать своим другом. Дойдя до этого последнего слова, она слегка коснулась пальцами тыльной стороны моей ладони. Прикосновение было прохладным. Я взял ее за руку и следом, поскольку первый осознанный шаг в мою сторону она сделала сама, поцеловал ее. Это был долгий поцелуй в мрачной и безлюдной пустоте гостиничного коридора. Провернулась дверная ручка; мы оторвались друг от друга, и я сказал, что, конечно же, с ней поеду с радостью. Потом с лестницы меня кто-то окликнул. И больше поговорить нам возможности не представилось до самого следующего утра, когда за нами прибыло заказанное заранее такси.

В те дни польский злотый впал в полное ничтожество, американский же доллар взлетел в заоблачные выси. Можно было доехать на такси до Люблина, при необходимости попросить таксиста ждать нас там целые сутки, чтобы на следующий день доставить нас обратно,— и все за двадцать долларов. Нам удалось ускользнуть так, чтобы романист и его приятели не обратили на это внимания. Поцелуй, ощущение поцелуя, из ряда вон выходящая реальность поцелуя, ожидание следующего и всего того, что будет дальше, занимало меня на протяжении двадцати четырех часов. Но теперь, когда мы ехали сквозь однообразные пригороды Варшавы, прекрасно отдавая себе отчет в том, куда мы едем, этот поцелуй как-то стушевался. Мы расположились на заднем сиденье «Лады» на вполне приличном расстоянии друг от друга и принялись обмениваться начальными сведениями друг о друге. Именно тогда я и выяснил, что она дочь Бернарда Тремейна, чье имя мне было смутно знакомо по радиопереда-

чам и по написанной им биографии Насера. Дженни рассказала о том, что между родителями ее не
все в порядке, и о собственных непростых отноше-
ниях с матерью, которая живет одна в каком-то мед-
вежьем углу во Франции и которая удалилась от
мира и посвятила жизнь духовным медитациям.
О Джун я услышал впервые, и мне сразу захотелось
с ней встретиться. Я рассказал Дженни о гибели моих собственных родителей в автомобильной катастрофе, о том, как мы жили с сестрой, оставшись
одни, о своей племяннице Салли, которой в каком-
то смысле я до сих пор заменял отца, и о том, что
я мастер находить язык с чужими родителями. Мне
кажется, уже тогда мы начали шутить насчет того,
что я вот-вот начну втираться в доверие к матери
Джин, которая, судя по всему, штучка была еще та.

Моим воспоминаниям о той части Польши, что
лежит между Варшавой и Люблином, доверять следует с известной долей осторожности, но я запомнил
только бесконечные коричнево-черные распахан-
ные поля, прорезанные прямой, не обсаженной деревьями дорогой. Когда мы добрались до места,
пошел легкий снег. Мы последовали совету наших
польских друзей, попросили высадить нас в центре Люблина и дальше пошли пешком. Я и понятия
не имел, насколько близко к городу расположен этот
лагерь, который пожрал всех его евреев, три четвер-

ти здешнего населения. Они лежат бок о бок, Люблин и Майданек, материя и антиматерия.

Мы остановились у главного входа и прочитали надпись о том, что здесь было уничтожено столько-то и столько-то сотен тысяч поляков, литовцев, русских, французов, британцев и американцев. Было очень тихо. Ни единого человека, сколько хватало глаз. На какую-то долю секунды я почувствовал острое нежелание идти дальше. Вывел меня из этого состояния шепот Джин:

— И ни слова о евреях. Видишь? Продолжается все то же самое. Причем на официальном уровне.— А потом она добавила, скорее для себя, чем для меня: — Черные собаки.

На эти последние слова я не обратил внимания. Что же до прочего, то даже если не принимать в расчет гипербол, то и остаточного, истинного положения вещей было вполне достаточно, чтобы в моих глазах Майданек в единый миг превратился из памятника, из вполне достойной, по-граждански ответственной попытки не впасть в историческое забытье — в больную фантазию, в угрозу вполне дееспособную, в почти бессознательное потворство злу. Я взял Дженни под руку, и мы пошли внутрь, мимо внешней линии ограждения, мимо караульного помещения, которое использовалось по назначению до сей поры. На крылечке караулки стояли две полные бутылки молока. Двухсантиметровый слой свежего снега — последний штрих к маниакальной одержимости этого лагеря идеей порядка. Мы минули контрольно-следовую полосу, и руки наши сами собой упали вдоль туловища. Впереди были смотровые башни, коренастые будки на сваях, с высокими треугольными крышами и шаткими деревянными лесенками; они доминировали над пейзажем внутри двойного внутреннего ограждения. Последний же вмещал в себя бараки куда более длинные, приземистые и многочисленные, чем я ожидал. Они тянулись до самого горизонта. За ними, одиноко плавая в оранжево-белом небе, как грязный грузовой пароход с одной-единственной трубой, высился крематорий. В течение часа мы не обменялись ни единым словом. Дженни сверялась с какими-то указаниями в блокноте и делала снимки. Вслед за школьной экскурсией мы зашли в один из бараков, где стояли проволочные короба с обувью — десятки тысяч пар, расплющенных и скукоженных, как сухофрукты. В следующем бараке опять была обувь, и в следующем — я не поверил своим глазам — она же, но только уже не в коробах, а просто кучами, тысячными кучами на полу. Подбитый гвоздями мужской башмак лежал рядом с младенческой сандалеткой, на которой из-под слоя пыли до сих пор проглядывал умильный барашек.

Жизнь, обращенная в хлам. Колоссальная численная шкала, цифры, которые настолько легко слетают с языка — десятки и сотни тысяч, миллионы,— лишали воображение его законного права на сострадание и коварным образом совмещали твою собственную точку зрения с исходными посылками палачей, что жизнь стоит дешево, а барахло нужно сваливать в кучи. Мы двигались дальше, и всякие чувства во мне умерли. Ничего сделать, ничем помочь здесь уже невозможно. Здесь нельзя никого ни накормить, ни выпустить на свободу. Мы просто туристы. Приехав сюда, можно либо впасть в отчаяние, либо поглубже засунуть руки в карманы, стиснуть в кулаке теплую мелочь и понять, что теперь ты на шаг ближе к реальности ночных кошмаров. И — неизбежное чувство позора, наш удел в этой трагедии. Мы были на другой стороне, мы передвигались по лагерю свободно, как когда-то передвигался здешний комендант или его политический наставник: указывая на ту или иную деталь, прекрасно зная, где отсюда выход, в полной уверенности в том, где и когда его ждет очередная трапеза.

Какое-то время спустя я поймал себя на том, что больше не могу думать о жертвах и что мысли мои крутятся исключительно вокруг здешнего персонала. Мы шли между бараками. Они удивительно хорошо были построены, удивительно хорошо сохранились. От каждой двери к улице, по которой мы шли, вела аккуратная дорожка. Бараки тянулись сколько хватало глаз. И это был только один ряд бараков, в одной части данного лагеря, не слишком большого, если сравнить его с прочими. Я погрузился в перевернутое с ног на голову чувство восторга, безрадостного удивления: как можно было представить себе нечто подобное, спланировать эти лагеря, выстроить их и войти в такие колоссальные затраты на то, чтобы оборудовать их, снабжать и обслуживать и чтобы переправлять сюда из городов и весей необходимое им человеческое топливо. Такая энергия, такая преданность своему делу. У кого повернулся язык назвать это ошибкой?

Мы снова встретились с детской экскурсией и зашли вслед за ней в кирпичное здание с трубой. Как и всякий входящий сюда человек, мы обратили внимание на имя мастера, выбитое на печных дверцах. Прекрасно выполненный спецзаказ. Мы увидели старый контейнер из-под цианистоводородной кислоты, «Циклона-Б», который поставляла фирма, входившая в «Дегеш»*. На выходе Дженни заговорила со мной в первый раз за весь час и сказала, что за один только день в ноябре 1943 года

---

* Немецкий химический концерн.

немецкие власти расстреляли из пулеметов тридцать шесть тысяч люблинских евреев. Их заставляли ложиться в огромные общие могилы и убивали под льющиеся из громкоговорителей звуки танцевальной музыки. Мы снова вспомнили о надписи возле главного входа и об отсутствующей в ней информации.

— Немцы сделали за них всю работу. А теперь даже и евреев-то здесь никаких не осталось, а они по-прежнему их ненавидят,— сказала Дженни.

И тут вдруг я вспомнил:

— Погоди, а что ты такое сказала насчет собак?

— Черные собаки. У нас дома так говорят, от мамы повелось.— Она совсем было уже собралась объяснить подробнее, но передумала.

Мы оставили лагерь и пошли обратно в Люблин. Только теперь я заметил, что сам по себе этот город не лишен привлекательности. И война, и послевоенная реконструкция, изуродовавшая Варшаву, обошли его стороной. Мы шли по круто поднимающейся вверх улице, и великолепный оранжевый зимний закат превратил мокрый булыжник под ногами в чеканный золотой панцирь. Было такое впечатление, будто нас выпустили на свободу после долгого плена, и нас возбуждала сама возможность снова стать частью этого мира, обыденности неспешного люблинского часа пик. Без всякой зад-

ней мысли Дженни взяла меня под руку и принялась рассказывать историю о польской подруге,
которая приехала в Париж изучать кулинарное дело. Я уже успел поставить ее в известность о том,
что в вопросах любви и секса я не силен и что если
нужен эксперт в науке нежного соблазна, то это к
моей сестре. Однако в тот день, вдруг почувствовав
свободу от привычных личных комплексов, я со-
вершил потрясающий поступок, совершенно мне
не свойственный. Я остановил Дженни на полуфра-
зе и поцеловал ее, а потом просто взял и сказал ей,
что женщины красивее, чем она, я еще не встречал
и что единственное, чего я сейчас хочу, так это провести остаток дня с ней в постели. Она смерила меня пристальным взглядом зеленых глаз, потом подняла руку, и в какой-то миг мне показалось, что
сейчас она влепит мне пощечину. Но она показала
на противоположную сторону улицы, где над узень-
кой дверью размещалась выцветшая вывеска. Мы
прошлись по золотым самородкам до входа в гостиницу «Висла». Мы провели там три дня, отпустив
шофера. Через десять месяцев мы поженились.

Машину, взятую напрокат в аэропорту Монпелье, я остановил возле темного дома. Потом вышел
и немного постоял в саду, глядя в звездное ноябрьское небо и пытаясь побороть нежелание входить

внутрь. Такое неприятное чувство возникало у меня всегда, когда приходилось возвращаться в этот дом после длительного отсутствия — и не важно, простоял ли он запертым полгода или несколько недель. Я не был здесь с тех пор, как кончился наш долгий летний отпуск, с нашего по-утреннему шумного, сумбурного отъезда, после которого последние отголоски эха детских голосов растворились в молчании старых камней и *bergerie* опять погрузилась в куда более долгую перспективу, где счет идет не на недели, не на лишние годы подросших за зиму детей и даже не на десятилетия, прошедшие с тех пор, как дом поменял владельца, но на века — неторопливые крестьянские века.

Не веря ни во что подобное, сейчас тем не менее я легко мог себе представить, что в наше отсутствие призрак Джун, ее многочисленные духовные сущности украдкой наводят в доме порядок, возвращая себе право собственности не только на мебель, кухонную утварь и картины, но и на скукожившуюся журнальную обложку, на застарелое, похожее на Австралию пятно на стене в ванной, на пустую форму тела внутри старой садовничьей куртки, которая до сих пор висит за дверью, потому что ни у кого не хватило духу ее выбросить. Возвращаясь сюда после долгого отсутствия, замечаешь, что предметы словно отодвинулись друг от друга, наклонились и приобрели этакий светло-коричневый оттенок или только намек на этот оттенок, а звуки — первый поворот ключа в замке — звучать стали несколько иначе, с тем глуховатым эхом чуть-чуть поверх предела слышимости, которое намекало на невидимое, но всегда готовое откликнуться бытие. Дженни терпеть не могла открывать дом. Ночью положение вещей осложнялось еще того пуще; за сорок лет дом постепенно разросся, и электрический распределительный щит был теперь довольно далеко от входной двери. Чтобы до него добраться, нужно было пройти через гостиную на кухню, а фонарик я забыл.

Я отпер входную дверь и остановился перед сплошной стеной тьмы. Потом потянулся внутрь, к полочке, на которой мы всякий раз старались не забыть оставить свечу и спички. Пусто. Я постоял, вслушиваясь в тишину. Какие бы разумные доводы я сам себе ни приводил, невозможно было отделаться от мысли, что в доме, в котором столько лет прожила женщина, посвятившая себя постижению вечности, осталась некая тонкая эманация, легкая паутина ее души, и она ощущает мое присутствие. Я так и не смог произнести имя Джун вслух, хотя мне очень хотелось это сделать — не для того, чтобы вызвать ее дух, а, напротив, для того, чтобы спугнуть его. Вместо этого я шумно откашлялся — этакий скептический, очень мужской звук. Как только я включу свет и радио и начну на оставшемся со времен Джун оливковом масле жарить купленные в придорожном магазине анчоусы, призраки мигом разбегутся по темным углам. Дневной свет тоже будет в помощь, но до того, как дом окончательно перейдет в мою собственность, пройдет пара дней, пара не слишком уютных вечеров. Для того чтобы с ходу завладеть *bergerie,* нужно приезжать с детьми. Как только они начнут вспоминать забытые с прошлого лета игры и нереализованные планы, смеяться и беситься на двухъярусных кроватях, дух милостиво отступит перед энергией ныне живущих — и можно будет смело ходить куда угодно, даже в спальню Джун, даже к ней в кабинет.

Вытянув руку перед лицом, я пошел через прихожую. Повсюду царил сладковатый запах, который я привык связывать с Джун. Запах лавандового мыла — она накупила его впрок столько, что даже и теперь мы не израсходовали половины ее запасов. Ощупью пробравшись через гостиную, я отворил кухонную дверь. Здесь запах был скорее металлический, с легким привкусом бутана. Пробки и сетевой выключатель находились в стенном шкафчике, в дальнем конце комнаты. Даже в полной темноте он маячил впереди еще более темным пятном. Я начал пробираться вдоль кухонного стола, и ощущение, что на меня смотрят, усилилось. Верхний слой кожи стал самостоятельным органом чувств и ощущал тьму и каждую молекулу здешнего воздуха. Руки у меня были голые и чувствовали опасность. Что-то здесь было не так, кухня стала другой. Я шел не в том направлении. Мне захотелось повернуть назад — просто бред какой-то! Машина слишком маленькая, чтобы в ней спать. До ближайшей гостиницы чуть не сорок километров, да и время — почти полночь.

Бесформенное темное пятно стенного шкафа было от меня метрах в шести или около того, и я шел к нему, не отпуская руки от края кухонного стола. Еще ни разу с самых детских лет темнота не оказывала на меня такого гнетущего впечатления. Подобно персонажу из комикса, я тихо и невнятно напевал себе под нос. Никакая мелодия на память не шла, и случайная последовательность нот выходила совершенно дурацкой. Голос звучал слабо. Я буквально напрашивался на то, чтобы со мной что-нибудь случилось. Снова пришла мысль, на сей раз куда более отчетливая: единственное, что мне сейчас нужно сделать, так это убраться отсюда восвояси. Рука коснулась чего-то округлого и твердого. Ручка на выдвижном ящике. Первый порыв был выдвинуть его, но я не стал этого делать. Я заставил себя идти дальше, пока совсем не оторвался от кухонного стола. Пятно на стене было настолько черным, что даже пульсировало в темноте. У него был центр, но краев не было. Я вытянул по направлению к нему руку, и вот тут у меня сдали нервы. Я так и не решился до него дотронуться. Я сделал шаг назад и остановился в нерешительности. Я разрывался между голосом разума, который призывал меня сделать пару быстрых движений, включить электричество и убедиться при ярком искусственном свете, что обыденность — вот она, никуда не делась, и суеверным страхом, пожалуй, еще более глубинным, элементарным, чем чувство обыденности.

Должно быть, я простоял так минут пять, не меньше. В какой-то момент я чуть было не рванул вперед, чтобы с ходу распахнуть дверцу распределительного щита, но первый же сигнал к действию растворился где-то по дороге к ногам. Я знал, что, если сейчас покину кухню, еще раз заставить себя войти сюда сегодня ночью мне не удастся. Вот я и стоял как истукан, пока не вспомнил о ящике в кухонном столе и о том, почему мне захотелось его открыть. Свеча и коробка спичек, которым надлежало быть на полочке у входной двери, вполне могли лежать там. Я начал осторожно ощупывать поверхность стола, отыскал ящик и принялся шарить внутри, между секаторов, чертежных кнопок и мотков бечевки.

Огарок свечи длиной сантиметров в пять загорелся с первой же попытки. Бесформенные тени от шкафа с выключателем запрыгали по стене, когда я двинулся вперед. Маленькая деревянная ручка на дверце выдавалась несколько сильнее, чем раньше, была поставлена под другим углом, и резьба на ней тоже была другая. До нее оставалось чуть более полуметра, когда орнамент сам собой сложился вдруг в фигурку скорпиона, большого и желтого, с расположенными по диагонали клешнями и с мощным, разбитым на сегменты хвостом, нацеленным ровно в ту точку, где рука должна была коснуться дерева.

Эти создания принадлежат к расе хелицеровых, возводящих свою родословную аж к кембрийскому периоду, то есть ко временам едва ли не шестисотмиллионнолетней давности, и в дома свежеиспеченных приматов их заставляет забираться некое наивное неведение, этакое безнадежное невнимание к новомодным постголоценовым условиям существования; их то и дело обнаруживаешь раскорячившимися на стене в самых приметных местах. Клешни и жало — жалкое и устаревшее защитное вооружение против сокрушительного нажатия подошвой башмака. Я взял с кухонной стойки тяжелую деревянную ложку и убил скорпиона одним ударом. Он упал на пол, и я на всякий случай придавил его ногой. До места, где он только что сидел, я тем не менее дотронулся с некоторой опаской. Мне вдруг пришло на ум, что несколько лет тому назад в этом самом буфете мы обнаружили целое гнездо, полное крошечных скорпиончиков.

Включился свет, и выпукло-покатый, родом из пятидесятых годов, холодильник передернулся дрожью и завел свою привычную жалобно-тряскую песню. Раздумывать над только что пережитым опытом мне очень не хотелось. Я принес свой багаж, застелил постель, пожарил рыбу, поставил на полную громкость диск Арта Пеппера и выпил пол-бутылки вина. В три часа ночи заснуть мне не составило ровным счетом никаких проблем. На следующий день я занялся подготовкой дома к декабрьским праздникам. Я пошел прямо по списку, провел несколько часов на крыше, ставя на место содранные сентябрьским ураганом черепицы, остаток дня прошел в работах по дому. День выдался теплый, и ближе к вечеру я растянул гамак в любимом месте Джун, под тамариском. Отсюда открывался вид на золотистую дымку, висящую по-над долиной в сторону Сан-Прива, а чуть далее — на низко зависшее над холмами в окрестностях Лодева зимнее солнце. О своем вчерашнем страхе я думал весь день напролет. Куда бы я ни шел, что бы ни делал, повсюду в доме меня преследовали два неясных голоса, и вот теперь, когда я растянулся в гамаке с теплым чайником под рукой, они сделались куда отчетливее.

Джун была нетерпелива: «Какой смысл притворяться, будто ты не видел того, что подсунули тебе буквально под нос? Что за нелепые капризы, Джереми? Ты почувствовал мое присутствие, как только перешагнул порог дома. У тебя было предчувствие опасности, а затем подтверждение. Если бы ты не прислушался к собственным ощущениям, то получил бы весьма болезненный укус. Все очень просто: я тебя предупреждала, оберегала, и если ты, несмотря на это, продолжаешь упорствовать в своем скептицизме, то, значит, человек ты попросту неблагодарный и не следовало мне вообще тратить на тебя время».

Бернард находился в приподнято-возбужденном состоянии: «Вот уж воистину весьма показательный пример! Конечно, нельзя исключать возможности, что некая форма сознания способна пережить смерть и действовать в предложенных обстоятельствах в сугубо твоих интересах. Разум должен быть постоянно открыт всему новому. Опасно не принимать во внимание явления, которые не согласуются с теми теориями, которые сейчас в фаворе. С другой стороны, в отсутствие конкретных доказательств в пользу той или иной точки зрения к чему сразу вдаваться в столь радикальные умозаключения, не рассмотрев для начала другие, куда менее экзотические варианты? Ты часто ощущал присутствие Джун в этом доме — но эту мысль можно выразить и значительно более простым способом: ты отдаешь себе отчет в том, что когда-то этот дом принадлежал ей, он до сих пор полон ее вещами, и, когда ты приезжаешь сюда, особенно в тех случаях, когда ты приезжаешь один, до того, как твоя семья обживет все эти комнаты, мысли о ней возникают неизбежно. Иными словами, это "присутствие" имеет отношение только к твоему собственному воображению, а оно уже и сообщает его всему, что вокруг. Если принять во внимание присущий нам страх перед мертвыми, неудивительно, что ты чувствовал себя не в своей тарелке, когда пробирался по дому в полной темноте. А если учесть твое общее состояние, то этот электрический шкаф на стене просто обязан был показаться тебе чем-то пугающим, черным пятном в темноте — не так ли? У тебя должно было сохраниться смутное воспоминание о найденном здесь скорпионьем гнезде. И нельзя полностью отмести и такое предположение, что даже при столь скудном освещении ты подсознательно отследил на ручке очертания скорпиона. А теперь взять тот факт, что твои предчувствия оправдались. Ну, мальчик мой! Скорпионы в этой части Франции встречаются довольно часто. Почему бы одному из них не забраться на шкаф? А теперь пойдем дальше: предположим, он все-таки ужалил бы тебя в руку. Яд легко высосать. Боль, некоторые неудобства на день или два — в конце концов, это же был не черный скорпион. С какой стати потусторонним духам восставать из могилы, дабы оградить тебя от незначительной бытовой травмы? Если мертвые до такой степени заботятся о нас, почему бы им не заняться предотвращением миллионов настоящих человеческих трагедий, которые происходят каждый божий день?»

«Ну да! — слышу я реплику Джун.— А если бы именно этим мы и занимались, как бы ты об этом узнал? А если бы и узнал, все равно бы не поверил. Я позаботилась о Бернарде в Берлине и о тебе прошлой ночью, потому что хотела кое-что вам продемонстрировать, хотела показать вам, как мало вы знаете о Богом сотворенной и исполненной Богом Вселенной. Но нет таких доказательств, которых скептик не мог бы встроить в свою маленькую убогую схему...»

«Чушь! — шептал мне в другое ухо Бернард.— Мир, который открывает нам наука, светел и полон чудес. Нет нужды выдумывать Бога только потому, что мы не понимаем его от начала и до конца. А мы ведь только в самом начале пути!»

«Как ты думаешь, слышал бы ты меня сейчас, если бы какая-то часть меня не осталась здесь, в этом мире?»

«Мальчик мой, ты ровным счетом ничего не слышишь. Ты выдумал нас обоих, отталкиваясь от того, что ты про нас знаешь. Здесь нет никого, кроме тебя».

«Здесь Бог,— сказала Джун,— и здесь Дьявол».

«Ну, если Дьявол — это я,— заметил Бернард,— тогда мир — совсем не плохое место».

«Истинным мерилом того зла, которое несет в себе Бернард, является степень его простодушия. Ты же был в Берлине, Джереми. Ты сам видел, сколько горя он и ему подобные способны принести людям во имя прогресса».

«Ох уж эти мне жалкие монотеисты! Мелочность, нетерпимость, невежество, жестокость, которую они всегда были готовы спустить с цепи, в полной уверенности...»

«Бог любит нас, и Он простит Бернарда...»

«Благодарю покорно, любить мы способны и без Божьего участия. С каким же все-таки потрясающим нахальством христиане присвоили это слово!»

Голоса явно решили обосноваться здесь надолго, они были неотвязны и уже начали мне надоедать. На следующий день, когда я подрезал в саду персиковые деревья, Джун сказала, что дерево, над которым я в тот момент трудился, со всей его красотой есть творение Божье. Бернард сказал, что мы слишком много знаем об эволюции этого конкретного вида, да и других видов тоже, и потому гипотеза божественного происхождения нам более не требуется. Аргументы и контраргументы крутились волчком, пока я колол дрова, прочищал сточные канавы и подметал в комнатах. От этого зуда в ушах невозможно было отделаться. Он длился даже тогда, когда мне удавалось отвлечься. Если я принимался слушать, ничего нового они не сообщали. Всякое утверждение отрицало предыдущее и, в свою очередь, отрицалось последующим. Это был спор, нейтрализующий сам себя, умножение нулей, и я был не в состоянии положить ему конец. Когда я переделал всю работу и разложил материалы для книги на кухонном столе, мои тесть и теща вели спор на повышенных тонах.

Я попытался вмешаться:

— Послушайте, вы оба! Вы находитесь в параллельных измерениях, вне зоны компетенции друг друга. В задачи науки не входит доказывать существование или отсутствие Бога, а измерение Вселенной не имеет отношения к духовным поискам.

В ответ — озадаченное молчание. Мне показалось, они ждут, что я скажу дальше. А потом я услышал, как Бернард тихо сказал (или это я заставил его сказать), обращаясь к Джун, а не ко мне: «Все это, конечно же, очень интересно. Однако Церковь всегда старалась поставить науку под свой контроль. Всю систему знания, если уж на то пошло. Взять хотя бы случай Галилея...»

И Джун тут же перебила его: «А не Церковь ли в течение целых столетий в одиночку поддерживала в Европе какую бы то ни было ученость? Помнишь того человека, который, когда мы в 1954 году приехали в Клюни, провел нас по библиотеке?..»

Когда я позвонил домой и пожаловался Дженни, что я, должно быть, схожу с ума, она с радостной готовностью отказалась меня утешать.

— Ты же так хотел узнать о них побольше! Ты их упрашивал, ты их обхаживал. Вот и получил, что хотел, вместе с их разборками и всем прочим.

Она пришла в себя после второго по счету приступа смеха и спросила, почему я не записываю все, что они говорят.

— Смысла нет. Они талдычат одно и то же.

— А я тебе что говорила? Но ты же не слушаешь. Разворошил муравейник, вот тебя и наказали.

— Кто?

— Это ты у матушки моей спроси.

В самом начале очередного ясного дня, вскорости после завтрака, я забросил все дела, отодвинул подальше все свои умствования и с роскош-

ным чувством прогульщика надел дорожные баш-
маки, отыскал крупномасштабную карту местности
и сунул в рюкзак флягу с водой и пару апельсинов.

Я пошел по тропинке, которая начинается сразу за *bergerie* и ведет на север по-над сухой лощи-
ной, через рощи каменного дуба и, прежде чем подняться на плато, выписывает зигзаги у подножия
массивного утеса Па-де-ль'Азе. Если идти хорошим
шагом, то через полчаса я уже буду стоять наверху,
на Косс-де-Ларзак, где сквозь сосны сквозит про-
хладный бриз и открывается вид на Пик-де-Вису,
за которым примерно в шестидесяти километрах
южнее сияет серебряная заноза Средиземного моря. Я пошел по песчаной тропинке через сосновые
рощи, мимо известняковых выходов, из которых
дождь и ветер вырезали подобие древних руин, а
потом — на открытую пустошь, которая поднимается вверх к Бержери-де-Тедена. Оттуда видно все
плато, через которое до деревни Сан-Морис-де-Наваселль можно дойти за несколько часов. От деревни километрах в полутора — огромная расщелина
Горж-де-Вис. И где-то там, если взять чуть влево, на
самом краю ущелья стоит дольмен де-ла-Прюна-
ред.

Но для начала нужно было вернуться немного
назад, через рощицу, в Ла-Вакери. Есть некое простое удовольствие в том, чтобы входить в деревню

на своих двоих и покидать ее тем же манером. Тогда какое-то время можно тешить себя иллюзией, что в отличие от остальных людей, чья жизнь вертится вокруг дома, работы и социальных связей, ты самодостаточен и свободен и не обременен ни собственностью, ни обязательствами. Этого великолепного чувства легкости никак не достичь, если ты проезжаешь сквозь деревню на машине, встроившись в транспортный поток. Я решил не заглядывать в бар ради чашечки кофе и сделал остановку только для того, чтобы пристальнее рассмотреть попавшийся по дороге памятник и переписать в блокнот выбитую на постаменте легенду.

Из деревни я вышел по боковой дороге и вскоре свернул с нее на север по живописному проселку, который ведет к Горж. В первый раз с самого момента прибытия на душе у меня было легко, и я чувствовал, что моя былая любовь к этой пустынной части Франции возродилась в полной мере. Навязчивая песенка извечной ссоры между Джун и Бернардом начала затихать. А вместе с ней и беспокойное возбуждение, оставшееся от Берлина; было такое впечатление, будто многочисленные крохотные мышцы у меня на шее понемногу расслабляются и по мере того, как это происходит, во мне открывается обширное и тихое пространство, как раз под стать широким просторам, раскинувшимся вокруг.

Как обычно бывает со мной в моменты счастья, я подумал о том, как складно все выстроилось в моей жизни начиная с восьми лет и до Майданека, и еще раз напомнил себе, как мне повезло. В тысяче миль отсюда, в одном из миллиона домов или неподалеку от него, были Дженни и четверо наших детей, мое племя. Мне есть о ком заботиться, жизнь моя стабильна и благополучна.

Дорога была ровной, и я шел размеренным, широким шагом. План будущей книги начал понемногу вырисовываться передо мной. Я думал о работе, о том, как реорганизовать свой офис, чтобы людям удобнее было в нем работать. Вот такого рода планы и крутились у меня в голове всю дорогу до Сан-Морис.

В деревню я вошел все в том же состоянии тихой самодостаточности. Я выпил пива на террасе «Отель де Тильёль», может быть, даже за тем же столиком, за которым когда-то чета молодоженов слушала рассказанную мэром историю. Я снял на ночь комнату, а потом отправился за полтора километра — или около того — к дольмену. Для того чтобы выиграть время, пошел я по дороге. В нескольких сотнях метров справа от меня шел край ущелья, скрытый за небольшим подъемом, слева и впереди расстилался суровый ландшафт нагорья, твердая, спекшаяся почва, полынь, телеграфные столбы.

Пройдя мимо заброшенного хутора Ля-Прюнаред, я свернул на песчаную тропинку и через пять минут вышел к дольмену. Я снял рюкзак, сел на огромную каменную плиту и начал чистить апельсин. Камень успел даже слегка нагреться на послеполуденном солнышке. По пути сюда я сознательно держал голову чистой от каких бы то ни было намерений, но теперь, когда я пришел сюда, они обозначились вполне отчетливо. Вместо того чтобы оставаться пассивной жертвой одолевавших меня голосов, я решил взяться за них всерьез, воссоздать из небытия сидящих здесь, на камне, Бернарда и Джун; вот они режут колбасу, ломают черствый хлеб и собираются отправиться на ту сторону долины за своим будущим. Причаститься оптимизма, свойственного их поколению, рассмотреть на свет первые сомнения Джун накануне достопамятной встречи. Мне хотелось застать их влюбленными друг в друга, до того как началась их пожизненная ссора.

Однако пять часов пути прочистили меня насквозь. Я был собран, целеустремлен и не в настроении общаться с призраками. В голове у меня по-прежнему вертелись мои собственные проекты и планы. И никакой власти духи больше надо мной не имели. Голоса и впрямь растаяли; я остался один. Справа от меня низкое ноябрьское солнце расчертило светотенью морщинистую поверхность далекого утеса. И ничего мне было не нужно, кроме собственного радостного чувства от созерцания этих мест, от воспоминаний о семейных пикниках, которые мы устраивали здесь с детьми и с Бернардом, а большая каменная плита служила нам столом.

Я съел оба апельсина и вытер руки о рубашку, как школьник. Я хотел было вернуться обратно по тропинке, идущей вдоль края ущелья, но за время, прошедшее с тех пор, как я в последний раз приходил сюда, она успела зарасти колючим кустарником. И через сто метров мне пришлось повернуть обратно. Мне показалось, что все у меня под контролем, и вот на тебе, незамедлительное опровержение. Но я успокоил себя мыслью о том, что именно этой тропинкой и воспользовались в тот вечер Бернард и Джун. Это их дорога, а у меня своя — до старого хутора и дальше по дороге; и если уж делать из заросшей тропинки символ, данная интерпретация устраивала меня куда больше.

Я собирался закончить данную часть мемуаров именно на этом моменте, когда я возвращаюсь от дольмена и чувствую себя настолько свободным от своих персонажей, что готов сесть и начать писать книгу. Но я просто обязан вкратце рассказать о том, что случилось в тот же вечер в гостиничном ресторане, ибо, судя по всему, эта драма была разыграна исключительно для меня одного. Она была воплощением, пусть даже и искаженным, тех проблем, что одолевали меня, и детского моего одиночества; это было нечто вроде очищения, экзорцизма, в котором я действовал от лица своей племянницы Салли и от собственного своего лица и отомстил за нас обоих. Если прибегать к терминологии Джун, это была иная форма «одержимости», при которой она сама тоже присутствовала и наблюдала за мной. И вне всякого сомнения, сил мне придавала та смелость, с которой она встретила свое собственное испытание, в полутора километрах и в сорока трех годах от меня. Возможно, Джун сказала бы, что противостоять мне пришлось чему-то скрытому внутри моей собственной души, ибо в самом конце меня одернули, заставили прийти в себя теми же самыми словами, которыми обычно одергивают псов. *Ça suffit!**

Я не помню точно, как так получилось, но в какой-то момент после возвращения в «Отель де Тильёль» — то ли когда я сидел в баре со стаканчиком перно, то ли полчаса спустя, когда я вышел из номера, чтобы попросить кусок мыла,— выяснилось, что хозяйку гостиницы зовут мадам Моник Орьяк — эта фамилия была мне знакома по рабочим запи-

---

* Хватит! Довольно! *(фр.)*

сям. Наверняка она была дочерью той мадам Орьяк, которая ухаживала за Джун, и очень может статься, что она была той самой девушкой, которая прислуживала за столом, пока мэр рассказывал свою историю. Я подумал: нужно задать ей пару вопросов и выяснить, много ли она помнит. Но бар как-то вдруг опустел, а вместе с ним и столовая. С кухни доносились голоса. Чувствуя, что скромный характер заведения каким-то образом оправдывает мою наглость, я толкнул изрядно побитые двустворчатые двери и шагнул через порог.

Прямо передо мной на столе стояла корзина, полная окровавленной шерсти. В дальней части кухни шла ссора. Мадам Орьяк, ее брат-повар и девушка, совмещавшая должности горничной и официантки, оглянулись на меня и продолжали свой спор. Я остановился у плиты, на которой кипела кастрюля супа, и стал ждать. Через полминуты я бы вышел на цыпочках вон и заглянул бы чуть позже, если бы не начал понимать, что разговор касается моей персоны. С формальной точки зрения гостиница была закрыта. Из-за того, что девушка поселила этого джентльмена из Англии — мадам Орьяк махнула рукой в мою сторону,— она, мадам Орьяк, вынуждена была проявить последовательность и сдать две комнаты заезжей семье, а теперь прибыла еще и эта парижская дама. А чем их всех кормить? И рук тоже не хватает.

Ее брат возразил, что никаких трудностей не будет, если все гости согласятся на семидесятипятифранковое меню — суп, салат, крольчатина, сыр — и не станут слишком привередничать. Девушка поддержала его. Мадам Орьяк сказала, что у нее несколько другие представления о собственном ресторане. Тут я откашлялся, извинился и постарался заверить их в том, что найти работающую гостиницу в такое время года вообще большая удача — и постояльцы это понимают — и что в подобных обстоятельствах комплексный обед приемлем вполне. Мадам Орьяк раздраженно выдохнула и покинула кухню, дернув напоследок головой, что можно было расценить как знак согласия, и ее брат торжествующе развел руки в стороны. Нужно прийти еще к одному соглашению: для простоты дела все постояльцы есть будут довольно рано и в одно и то же время, в половине восьмого. Я сказал, что с моей стороны никаких возражений не последует, и повар отправил девушку поставить в известность всех остальных.

Через полчаса я первым спустился в столовую. Чувствовал я себя теперь уже не просто как обычный постоялец. Я был свой человек, полноправный участник внутриполитических гостиничных процессов. Мадам Орьяк лично подала мне вино и хлеб.

Настроение у нее успело перемениться в лучшую сторону, и мы выяснили, что в 1946 году она и впрямь здесь работала. Бернарда и Джун она, конечно же, не припомнит, но, естественно, знает мэрову историю насчет собак и непременно со мной переговорит, как только выдастся свободная минутка. Следом появилась парижская дама. Ей было слегка за тридцать, и она была красива той натянутой, изможденной красотой — хрупкие черты лица и чрезмерный маникюр,— которая характерна для некоторых француженок, слишком искусственной и резкой, на мой вкус. У нее были впалые щеки и огромные глаза голодающего человека. Мне показалось, что в данном случае обильный стол не показан. Она процокала по выложенному плиткой полу в дальний угол, к столику, максимально удаленному от моего собственного. Откровенно игнорируя присутствие в комнате единственного находящегося в ней, кроме нее, человека, она добилась парадоксального впечатления, что каждое ее движение было рассчитано только на меня. Я отложил книгу и начал прикидывать, соответствует ли это действительности или же мы имеем дело с одной из тех мужских проекций себя, любимого, на все окружающее, на что порой жалуются женщины, но тут вошла семья.

Их было трое: муж, жена и мальчик лет восьми-девяти, и явились они обернутыми в свое собственное молчание, в ясно видимый конверт внутрисемейного напряжения, каковой и проплыл сквозь еще большую по масштабам тишину столовой и угнездился через один столик от меня. Расселись они под громкий скрип стульев. Мужчина, этакий петух на крохотном насесте, положил на стол татуированные руки и огляделся вокруг. Сперва он посмотрел в сторону парижской дамы, которая не заметила этого (или не пожелала заметить) и продолжала, как и раньше, изучать меню, а потом его взгляд встретился с моим. Я кивнул, но в ответ не получил даже намека на ответный респект. Он просто отметил самый факт моего существования, а потом что-то шепнул жене, которая достала из сумочки пачку «Голуаз» и зажигалку. Пока родители прикуривали, я смотрел на мальчика, который одиноко сидел со своей стороны стола. У меня сложилось такое впечатление, что буквально несколько минут назад за пределами столовой произошла сцена и ребенка наказали за какой-то проступок. Мальчик был какой-то вялый, может быть, даже и обиженный, левая рука висела вдоль туловища, правой он играл со столовым прибором.

Возникла мадам Орьяк с хлебом, водой и литром плохого, сильно охлажденного красного вина. После того как она ушла, мальчик подался вперед, положил локоть на стол и подпер рукой голову. Тут же над скатертью мелькнула рука матери и со звонким шлепком сшибла руку со стола. Отец, который щурился сквозь табачный дым, не обратил на это происшествие ровным счетом никакого внимания. Никто не произнес ни слова. Парижанка, которую я видел сквозь сидящую за столом семью, сосредоточенно глядела в совершенно пустой угол. Мальчик откинулся на спинку стула, опустил глаза и принялся тереть руку. Его мать аккуратно стряхнула пепел в пепельницу. На женщину, которая привыкла давать волю рукам, она совсем не была похожа. Она была пухленькая и розовая, с приятным округлым лицом и яркими пятнами румянца на щеках, как у куклы, и контраст между ее поведением и ее по-матерински уютной внешностью казался зловещим. Мне стало не по себе от того, что эта семья была рядом, от того, что в ней не все в порядке, и я ровным счетом ничего не мог с этим сделать. Если бы в деревне можно было поужинать еще где-то, я не раздумывая отправился бы туда.

Пока я расправлялся со своим кроликом, приготовленным по рецепту шеф-повара, семейство поглощало салат. Несколько минут был слышен только стук столовых приборов о тарелки. Читать было невозможно, так что я стал тихо наблюдать за происходящим поверх обреза книги. Отец накрошил к себе в тарелку хлеба и принялся вытирать им остатки соуса. Прежде чем отправить в рот очередной кусочек, он наклонял голову так, словно рука, кормящая его, принадлежала кому-то другому. Мальчик закончил есть, отодвинул тарелку в сторону и вытер рот тыльной стороной ладони. Жест, судя по всему, был чисто автоматическим, поскольку едок он был довольно привередливый и, насколько я мог судить, губ не запачкал вовсе. Впрочем, я был всего лишь сторонний наблюдатель, и не исключено, что в данном случае имела место провокация, продолжение давнего конфликта. Его отец тут же пробормотал себе под нос какую-то фразу, в которой я разобрал только слово «салфетка». Мать перестала есть и пристально посмотрела на сына. Мальчик взял со стола салфетку и аккуратно приложил ее, но не ко рту, а сперва к одной щеке, а затем к другой. У ребенка в столь раннем возрасте ничем иным, кроме как попыткой сделать все как положено, это и быть не могло. Однако отцу его показалось иначе. Он нагнулся вперед над пустой салатницей и сильно ударил мальчика в грудь чуть пониже ключицы. Мальчик слетел со стула и упал на пол. Мать приподнялась со стула и схватила его за руку. Ей хотелось взять его под контроль, прежде чем он разревется, заботясь, скорее, о приличиях. Мальчик едва успел опомниться и понять, где он и что с ним, а она уже упреждала его шипящим: «Молчи! Молчи!» Не вставая с места, она умудрилась втащить его обратно на стул, который муж ее тем временем ловко вернул одной ногой в прежнее положение. Эта пара действовала как слаженный механизм. Судя по всему, им казалось, что, поскольку они даже не поднялись из-за стола, неприятной сцены им удалось избежать. Хнычущий ребенок оказался на прежнем месте. Мать поставила у него перед лицом негнущийся, упреждающий перст и держала до тех пор, покуда мальчик не затих окончательно. Потом, не сводя с него глаз, она опустила руку.

Моя собственная рука дрожала, когда я наливал себе кислого и жидкого вина мадам Орьяк. Стакан я опорожнил большими глотками. В горле стоял ком. То, что мальчику не было позволено даже заплакать, показалось мне чем-то еще более страшным, чем удар, сбросивший его на пол. И назойливее всего была мысль о том, насколько он одинок. Я вспомнил о собственном чувстве одиночества после того, как погибли родители, о полной невозможности выразить его, о том, как я перестал ждать чего бы то ни было. Для этого ребенка униженное состояние было непременным условием бытия. Откуда ему ждать помощи? Я огляделся вокруг. Одинокая женщина за дальним столиком смотрела в сторону, однако по тому, как нервно она щелкала зажигалкой, было понятно, что она все видела. В другом конце столовой, возле буфета, стояла девушка и ждала, когда можно будет забрать у нас тарелки. Французы, как правило, относятся к детям крайне терпимо и мягко. Ясное дело, кто-то должен хоть что-нибудь сказать. Кто-то должен вмешаться — но не я.

Я опрокинул еще один стакан вина. Семья обитает в неприкосновенном, замкнутом пространстве. За стенами, как зримыми, так и сугубо номинальными, она выстраивает собственные правила, только для своих. Девушка подошла и убрала с моего столика. Потом вернулась еще раз, чтобы взять с семейного столика салатницу и поставить чистые тарелки. Мне кажется, я понял, что в этот момент произошло с мальчиком. Пока стол готовили к следующей перемене блюд, пока подавали тушеного кролика, он начал плакать; с каждым приходом и уходом официантки возникало подтверждение тому, что после пережитого унижения жизнь идет своим чередом. Чувство заброшенности сделалось тотальным, и он больше не в силах был сдерживать свое отчаяние.

Сперва он дрожал всем телом, сопротивляясь изо всех сил, но потом его прорвало: тошнотворный ноющий звук постепенно делался все громче, несмотря на упреждающе выставленный палец матери, а потом он и вовсе разросся в вой, перемежающийся отчаянной, на всхлипе, попыткой набрать в грудь воздуха. Отец отложил очередную сигарету, которую совсем уже было собрался прикурить. Он выдержал короткую паузу, чтобы выяснить, что последует за этим долгим вздохом, и, как только плач возобновился, рука его описала над столом широкий полукруг, и он ударил мальчика в лицо тыльной стороной ладони.

Это было просто невозможно, мне показалось, что мои собственные глаза обманули меня, взрослый мужчина просто не может ударить ребенка вот так, со всей силы, вложив в удар настоящую, взрослую ненависть... Голова у мальчика откинулась назад, удар отшвырнул его вместе со стулом едва ли не к самому моему столику. Спинка стула с грохотом ударилась о пол и спасла голову мальчика от неминуемого увечья. К нам уже мчалась официантка, взывая на ходу к мадам Орьяк. Я не собирался вставать, но как-то сам собой оказался на ногах. На долю секунды я перехватил взгляд парижанки. С места она не двинулась. А потом медленно кивнула. Молодая официантка собрала мальчика в охапку и села рядом с ним на пол, издавая тихие, хрипловатые, как будто на флейте сыгранные восклицания. Звук был приятный, и я помню, что думал как раз об этом, когда подходил к семейному столику.

Жена уже вскочила со стула и кричала на официантку:

— Вы ничего не понимаете, мадемуазель! Вы только хуже сделаете! Этот паршивец может вопить как резаный, но он туго знает, чего хочет. Упрямей некуда.

Мадам Орьяк не показывалась. И снова я не принимал никакого решения, не просчитывал заранее, во что я ввязываюсь. Мужчина закурил сигарету. У меня стало чуть легче на душе, когда я заметил, что пальцы у него дрожат. На меня он не смотрел. Я говорил чистым, дрожащим голосом, на довольно правильном, хотя и совершенно сухом французском. До виртуозного мастерства Дженни мне было далеко. Французский язык мигом вознес мои слова и чувства до театральной, рассчитанной на эффект серьезности, и, пока я стоял возле столика, на краткий миг мне явилось весьма патетическое видение: я представил себя в виде одного из тех безвестных французских граждан, которые в переломные моменты национальной истории возникают из ниоткуда, чтобы произнести слова, которые затем история увековечит в камне. Была это клятва в зале для игры в мяч?* Был ли я Демуленом в «Кафе де Фуа»?** По правде говоря, и сказал-то я дословно следующее:

— Мсье, бить ребенка подобным образом недопустимо. Вы животное, животное, мсье. Вы что, боитесь драться с людьми, не уступающими вам ростом? Иначе бы я с удовольствием набил себе морду.

Нелепая оговорка в конце заставила мужчину расслабиться. Он улыбнулся и отодвинул стул от стола. Он видел перед собой бледного невысокого англичанина, который так и не выпустил из руки салфетку. Чего здесь бояться человеку, у которого на обоих мощных предплечьях вытатуировано по кадуцею?

— Да я с радостью помогу тебе ее расквасить. — И он мотнул головой в сторону двери.

Я проследовал за ним мимо пустых столиков. Я был как во сне. Лихорадочное возбуждение сде-

---

* 20 июля 1789 г. в Версале, в зале для игры в мяч, собрались депутаты Генеральных штатов от третьего сословия во главе с Жаном Байи и заявили, что не разойдутся, пока не будет принята конституция. В череде событий, приведших к началу Французской революции 1789 г., данному эпизоду обычно отводится одно из ключевых мест.

** 13 июля 1789 г. в «Кафе де Фуа» возле Пале-Руаяль, где обычно собирались политические радикалы, двадцатидевятилетний адвокат и журналист Камиль Демулен, будущий депутат Конвента, вскочил на стол и объявил о том, что «Революция началась». На следующий день она действительно началась.

лало мой шаг необычайно легким, и я словно парил над полом ресторана. На выходе человек, за которым я шел, отпустил дверь так, чтобы она меня ударила. Он пошел через пустынную дорогу, туда, где под уличным фонарем стоял бензонасос. Он развернулся, чтобы встать лицом ко мне и сгруппироваться, но я уже знал, что сделаю дальше, и он еще только начал поднимать руки, когда мой кулак уже летел ему прямо в лицо, неся с собой всю массу моего тела. Удар пришелся тяжело и плотно — и прямо в нос, с такой силой, что даже сквозь хруст его переносицы я услышал, как что-то щелкнуло у меня в костяшке кулака. Настал удивительный момент, когда он, уже успев выключиться, все еще стоял на ногах. Руки его упали вдоль туловища, и он стоял и смотрел, как я бью его левой — раз, два, три — в лицо, в горло и под дых. А потом он упал. Я занес ногу назад, и, как мне кажется, в тот момент я был вполне способен забить, запинать его ногами насмерть, если бы не услышал голос, не обернулся и не увидел на той стороне улицы фигурку в светящемся дверном проеме.

Голос был спокоен.

— *Monsieur. Je vous prie. Ça suffit**.

---

* Мсье. Я вас прошу. Достаточно *(фр.)*.

И тут же я понял, что возбуждение, охватившее меня, не имеет ничего общего с местью и чувством справедливости. Испугавшись самого себя, я сделал шаг назад.

Я перешел через дорогу и последовал за парижанкой в дом. Пока мы ждали полицию и «скорую помощь», мадам Орьяк перетянула мне руку креповой повязкой, потом зашла за стойку и налила мне коньяку. Где-то на самом дне холодильника она откопала последнюю из оставшихся с лета порций мороженого — для мальчика: он по-прежнему сидел на полу и приходил в себя, обвитый по-матерински заботливыми руками молодой официантки, которая, надо сказать, вид имела смущенный и счастливый донельзя.

Часть четвертая

■

Сан-Морис-де-Наваселль, 1946

Весной 1946 года, когда Европу только что освободили, а фунт по сравнению с континентальными валютами стоил очень дорого, мои будущие тесть и теща, Бернард и Джун Тремейн, отправились в свадебное путешествие по Италии и Франции. Познакомились они в Сенат-хаусе, в Блумсбери, где оба работали. Отец моей жены, получивший степень бакалавра в Кембридже, устроился на какую-то канцелярскую работу, отдаленно связанную с разведывательными службами. Что-то там насчет поставок спецсредств. Моя теща была лингвистом и работала в отделе по связям со Свободной Францией — или, как она предпочитала выражаться, по приведению последней в чувство. Время от времени она даже оказывалась в одной комнате с де Голлем. В офис будущего мужа ее привела переводческая работа в проекте по приспособлению швейных машинок с ножным приводом для выработки электрического тока. Оставить свою работу они не имели права еще около года после окончания войны. Поженились они в апреле. Идея заключалась в том, чтобы провести все лето в путешествиях, прежде чем они осядут и начнут привыкать к мирной жизни, к семейному быту и гражданской службе.

В те годы, когда для меня подобные вещи значили несколько больше, чем сейчас, я много размышлял над тем, как во время войны людям из самых разных слоев общества приходилось выполнять самую разную работу, о том, как легко они принимали такого рода перемены, о чисто юношеском желании попробовать на вкус всякую новую возможность, хотя моим собственным родителям, насколько мне известно, все это было совершенно чуждо. Они тоже поженились вскоре после окончания войны. Мама была бойцом Земледельческой армии* и, если верить одной из моих теток, никаких восторгов по этому поводу не испытывала. В 1943 году она перевелась на работу на фабрике по производству боеприпасов неподалеку от Колчестера. Отец служил в пехоте. Он без единой царапины пережил эвакуацию из Дюнкерка, воевал в Северной Африке и в конце концов встретил свою пулю при высадке в Нормандии. Пуля прошла навылет сквозь мякоть правой руки, не задев кость. Мои родители тоже

---

* Мобилизационная женская организация, члены которой работали на фермах во время Второй мировой войны, помогая решать остро стоявшую перед Соединенным Королевством проблему снабжения населения продовольствием и другими продуктами сельскохозяйственного производства.

могли бы после войны отправиться путешество-
вать. Насколько я понимаю, мой дед завещал им
несколько сот фунтов вскоре после того, как отец
демобилизовался. Теоретически они могли смело
отправляться в путь, но, скорее всего, ни им, ни кому бы то ни было из их знакомых ничего подобного даже в голову не могло прийти. Я часто думал,
что одной из причин моего убогого происхождения
было то обстоятельство, что на эти деньги они купили дом-«террасу», где мы с сестрой появились на
свет, и открыли торговлю скобяными товарами,
которая и позволила нам остаться на плаву после
их внезапной смерти.

Теперь, как мне кажется, я начал понимать чуть
больше. Те проблемы, на решение которых мой тесть
тратил свое рабочее время, выглядели примерно так:
как без лишнего шума произвести достаточное количество электроэнергии для питания передатчи-
ка, установленного на заброшенной французской
ферме, к которой не подведено электричество. По
вечерам он возвращался в Финчли*, в свои мебли-
рованные комнаты, к унылому военному ужину, а
по выходным навещал родителей в Кобэме**. В кон-

---

* С 1965 г. пригород в северной части Большого Лондона;
во время Второй мировой — примерно то же самое, что для
Москвы Мытищи.

** Один из двух крошечных городков — либо в Кенте (к юго-
востоку от Лондона), либо в Серрее (к юго-западу).

це войны — период ухаживания, с визитами в синематограф и воскресными прогулками по Чилтернским холмам. Поставьте против этого жизнь сержанта-пехотинца: насильственное отлучение от родных мест, скука вперемешку со страшными стрессами, насильственная смерть и жуткие раны близких друзей, ни частной жизни, ни женщин, плюс нерегулярные вести из дому. Пока он с ноющей рукой медленно продвигался на восток через Бельгию, перспектива размеренной жизни, сколь угодно стесненной и заурядной, должна была приобрести в его глазах очарование, совершенно незнакомое моему будущему тестю.

Понять не значит принять, и я всегда твердо знал про этих двоих, на чьем месте я сам хотел бы оказаться во время войны. Молодая чета прибыла в приморский итальянский городок Леричи в середине июня. Разруха и хаос, царившие в послевоенной Европе, особенно на севере Франции и в Италии, поразили их. Они предложили свои услуги упаковочному пункту Красного Креста на окраине города в качестве волонтеров на полтора месяца. Работа была тяжелая и нудная, и время тянулось медленно. Люди вокруг были изможденные, каждый думал только о том, как прожить еще один день, и никому, по всей видимости, не было дела до того, что у этой пары медовый месяц. Непосредственный начальник, «il capo», откровенно к ним цеплялся. К британцам он испытывал явную неприязнь, причины которой не хотел обсуждать из гордости. Поселились они у синьора и синьоры Мазукко, которые до сих пор оплакивали двоих своих сыновей, убитых в течение одной и той же недели, в пятидесяти милях один от другого, прямо перед тем, как Италия подписала акт о капитуляции. Других детей у них не было. Время от времени по ночам чету англичан будили доносящиеся снизу рыдания стариков родителей: те никак не могли смириться со своим горем.

Пищевой рацион — по крайней мере, на бумаге — был вполне приемлемым, но коррупция на местном уровне сводила его к минимуму. У Бернарда развилось какое-то кожное заболевание, которое постепенно расползлось с рук на шею и далее на лицо. К Джун приставали практически ежедневно, несмотря на медное колечко от занавески, которое она специально носила на пальце. Мужчины постоянно вставали к ней слишком близко, или терлись о нее, проходя мимо в полумраке упаковочного ангара, или старались ущипнуть ее за зад или за руку пониже локтя. Проблема, по словам других женщин, заключалась в том, что у нее светлые волосы.

Тремейны могли отказаться от работы в любое время, но они выдержали весь срок. Этакая маленькая епитимья за то, что они оба слишком спокойно пережили войну. Сказался и свойственный им идеализм: они «боролись за мир» и помогали «строить новую Европу». Но отъезд их из Леричи вышел довольно скомканным. Никто и не заметил, что они уехали. Скорбящие итальянцы собрались у одра умирающего старика на верхнем этаже, и дом был полон родственников. Пункт Красного Креста был поглощен скандалом, связанным с растратой средств. Бернард и Джун ускользнули до рассвета, в самом начале августа, на шоссе, чтобы дождаться автобуса, который увезет их на север, в Геную. Они стояли в предутренних сумерках, подавленные, едва перемолвившись между собой парой слов; впрочем, их беспокойство насчет личного вклада в дело становления новой Европы, пожалуй, сошло бы на нет, если бы они знали, что уже успели зачать своего первого ребенка, дочь, мою жену, которая в один прекрасный день сумеет дать хороший бой за место в Европейском парламенте.

Они ехали автобусом и поездом на запад, через Прованс, через грозы и набухшие от ливней реки. В Арле они встретились с французским правительственным чиновником, который довез их до Лодева в Лангедоке. Он сказал, что, если через неделю они зайдут к нему в офис, он захватит их с собой в Бордо. Небо расчистилось, в Англии их ждали только через две недели, и они решили отправиться в небольшое пешее путешествие.

В этих краях высокие известняковые плато поднимаются на триста с лишним метров над приморской равниной. Местами встречаются весьма живописные обрывы высотой в сотню метров. Лодев расположен у перевала, по которому тогда шла узкая проселочная дорога, ныне превратившаяся в оживленное шоссе № 9. Подъем на перевал до сих пор не лишен своеобразного очарования, хотя из-за снующих туда-сюда машин преодолевать его пешком вряд ли будет приятно. В те времена можно было провести целый день, потихоньку взбираясь все выше и выше меж громоздящихся по обе стороны скал, пока за спиной не покажется Средиземное море, сияющее на солнце в тридцати милях к югу. Тремейны переночевали в маленьком городишке под названием Ле-Кайлар, где купили себе по широкополой пастушеской шляпе. На следующее утро они сошли с дороги и двинулись на северо-восток через плато Косс-де-Ларзак, взяв по два литра воды каждый.

Это одно из самых пустынных мест во всей Франции. Людей здесь живет меньше, чем несколько сот лет назад. Между зарослями вереска, утесника и самшита вьются пыльные, не отмеченные даже на самых подробных картах дороги. Давно заброшенные хутора и деревеньки прячутся по укромным, на удивление зеленым балкам с маленькими пастбищами, между которыми тянутся древние, сложенные на сухую из камня стены и дорожки, поросшие по краям высоким ежевичником, шиповником и одинокими дубами, так что пейзаж в уютности своей становится едва ли не английским. Но стоит отойти чуть в сторону — и снова начинается пустошь.

Ближе к вечеру Тремейны вышли к дольмену де ля Прюнаред, доисторическому могильнику. Пройдя еще буквально несколько метров, они оказались на краю узкого и глубокого ущелья, прорезанного в каменных породах рекой Вис. Там они сделали привал и доели остатки захваченной с собой провизии — огромные помидоры, подобных которым в Англии им даже видеть не доводилось, позавчерашний хлеб, сухой, как галета, и колбасу, которую Джун нарезала на ломтики перочинным ножом Бернарда. Они шли молча уже несколько часов подряд, и вот теперь, усевшись на горизонтальную каменную плиту дольмена и глядя на север, через ущелье, на Косс-де-Бланда, за которой воздымались Севеннские горы, они затеяли оживленную дискуссию, в которой завтрашнее путешествие по незнакомой и прекрасной местности как-то само собой слилось с предощущением лежащей впереди жизни. Бернард и Джун были членами коммунистической партии, и говорили они о будущем. На несколько часов дстали той запутанной головоломки, которую представляла собой британская внутренняя политика, расстояния между деревнями, преимущества одних троп перед другими, искоренение фашизма, классовая борьба и великий механизм исторического процесса, направление работы которого теперь научно обосновано, что, в свою очередь, гарантирует партии неоспоримое право на управление обществом, слились в единый захватывающий дух ландшафт, в манящую даль, точкой отсчета в которой было их общее любовное чувство и которая расстилалась, сколь хватит глаз, через плато и вплоть до самых гор, понемногу наливавшихся красным, пока они говорили, а потом потемневших. А когда сгустились сумерки, Джун охватило смутное беспокойство. Неужели она уже тогда начала терять веру? Не имеющая срока давности тишина искушала ее и манила, но стоило ей только прерваться на минуту и перестать нести восторженную чушь, паузу тотчас заполнял Бернард — высокопарными банальностями, воинственно-звонкой фразеологией из марксистско-ленинского арсенала, всеми этими «фронтами», «наступлениями» и «врагами».

Кощунственная неуверенность Джун была на время развеяна, и в сумерках, по дороге до ближайшей деревушки Сан-Морис, они задержались еще на какое-то время, чтобы поставить в дискуссии о будущем точку — или, наоборот, продолжить ее любовным актом, совершенным, быть может, прямо на самой дороге, там, где земля помягче.

Однако на следующий день, через день и во все последующие дни они больше ни разу не ступали ногой на метафорический ландшафт собственного будущего. Назавтра они повернули вспять. Они так и не спустились в Горж-де-Вис, не прошли вдоль таинственного, набухшего от дождей потока, который исчезает под горой, не пересекли реку по средневековому мосту, не взобрались по склону вверх, чтобы пересечь Косс-де-Бланда и побродить меж древних менгиров, кромлехов и дольменов, разбросанных по тамошним пустошам, и не начали долгое восхождение на Севенны в направлении Флорака. На следующий день каждый из них пошел своей собственной дорогой.

Утром они вышли из «Отель де Тильёль» в Сан-Морисе. Прелестный луг и заросшие утесником участки, которые отделяют деревню от долины реки, они опять прошли молча. Было часов девять утра, не больше, но жара уже стояла смертная. Примерно через четверть часа тропинка исчезла, и им пришлось идти через поле. Звон цикад, душистые сухие травы под ногой, яростное солнце посреди невинно-бледного неба — все, что еще вчера было полно южного очарования, сегодня внушало Джун смутную тревогу. На душе у нее было неспокойно — с каждым шагом она все дальше уходила от оставленного в Лодеве багажа. В ясном утреннем свете унылая линия горизонта, иссохшие горы впереди и долгие мили, которые придется преодолеть сегодня, чтобы добраться до городка под названием Ле-Виган, давили на нее тяжким грузом. Идти предстояло еще несколько дней, и ей уже начало казаться, что в конце пути ее ждет все то же чувство неуверенности и она зачем-то идет к нему этим длинным окольным путем.

Она примерно шагов на тридцать отстала от Бернарда, чья шаркающая походка была столь же уверенной, как и мнения, которые он высказывал. С чувством некоторого стыда она попыталась найти убежище в чисто буржуазных мыслях о доме, который они купят в Англии, о выскобленном дочиста кухонном столе, о простеньком бело-голубом фарфоровом сервизе, который подарила ей мама, о ребенке. Впереди виднелся грозный вертикальный обрыв — северный край ущелья. Тропа теперь шла уже под уклон, растительность тоже стала другой. Вместо беззаботной радости Джун испытывала теперь беспричинное чувство страха, слишком неопределенное, чтобы сказать о нем Бернарду. То была агорафобия, вступившая, должно быть, в резонанс с крошечным ростком новой жизни, с быстро размножающимся конгломератом клеток, который обещал дать жизнь Дженни.

Разбираться в причинах гложущего ее смутного беспокойства она даже и не собиралась. Вчера они сошлись на том, что это самые счастливые дни из всех проведенных ими за границей. Несколько недель работы на Красный Крест облетели с них как шелуха и остались позади, впереди их ждет английская зима, так почему же она не радуется этой пронизанной солнцем свободе, что с ней не так?

Там, где тропинка круто взяла под гору, они остановились, чтобы полюбоваться пейзажем. На противоположной стороне отделенное от них полумилей яркого, пустого пространства плато обрывалось вниз стометровой отвесной, спекшейся на солнце стеной. Кое-где за камень удалось зацепиться нескольким отважным каменным дубам, по краям и расщелинам виднелись крохотные клочки дерна. Та безумная энергия, которая гнала жизнь вверх по этому сухому обрыву, вогнала Джун в тоску. Ее вдруг начало тошнить. В трехстах метрах внизу — река, затерянная между деревьями. Прозрачный воздух, заполненный солнечным светом, казалось, подпитывался откуда-то изнутри кромешной тьмой, таившейся сразу за пределами видимого спектра.

Они стояли на краю, обмениваясь тихими восторженными замечаниями. Земля у них под ногами была вытоптана другими путниками, которые останавливались здесь до них с той же целью. И несли ту же чушь. Истинной причиной этой остановки был страх. Ей пришли на память читанные в детстве рассказы путешественников восемнадцатого века, посетивших Озерный край и Швейцарские Альпы. Горные вершины все как одна были пугающими, отвесные пропасти жуткими, неприрученная природа являла собой хаос, напоминание о грехопадении, разом угрозу и укор.

Ее рука легко лежала у Бернарда на плече, рюкзак — на земле между ногами, и она говорила, чтобы убедить саму себя, слушала, чтобы ее убедили в том, что представший им вид должен внушать спокойствие и радость, что в самой естественности своей он есть не что иное, как воплощение человечности и добра. Хотя одной только безжизненной сухости этого места было довольно, чтобы в полной мере ощутить его враждебность по отношению к ним обоим. Все, что здесь росло, было жестким, шершавым, колючим, противилось прикосновению, всеми силами пытаясь сохранить каждую каплю влаги в жестокой борьбе за существование. Она сняла руку с плеча Бернарда и потянулась вниз за фляжкой. О страхе своем она даже и не заикалась, настолько он был нелепым. Действительно, если задуматься, в ее положении она должна бы радоваться тому, что оказалась здесь: молодая будущая мать, влюбленная в своего мужа, социалистка и оптимистка, страстно приверженная рационализму, свободная от предрассудков, она путешествует по стране, которая составляет предмет ее профессионального интереса, вознаградив себя за долгие годы службы и унылые месяцы, проведенные в Италии, ловя последние золотые деньки безмятежного отпуска, после которого будут только Англия, ответственность, зима.

Она отогнала страхи прочь и принялась говорить задорнее некуда. Но при этом прекрасно помнила, что, судя по карте, переправа под Наваселлем находится в нескольких милях выше по течению реки и что один только спуск займет два-три часа. А выбираться из долины им предстоит по более короткому и крутому маршруту в самое полуденное пекло. Всю вторую половину дня они будут идти через Косс-де-Бланда, которая сейчас дрожала перед ней в горячечном мареве на той стороне. Ей понадобятся все ее силы, и она попыталась подстегнуть себя разговором. Она слышала собственный голос: как сравнивает Горж-де-Вис с Гольф-де-Вердон в Провансе в пользу первой. Говорила она с удвоенным энтузиазмом, хотя в глубине души лютой ненавистью ненавидела каждую долину и лощину, каждое ущелье на земле и хотела домой.

Потом, когда они поднимали с земли рюкзаки и готовились снова тронуться в путь, говорил Бернард. Его большое, заросшее щетиной добродушное лицо и торчащие уши обгорели на солнце. Разве могла она его подвести? Он говорил об одном ущельс на Крите. Он слышал, что весной, когда расцветают полевые цветы, там можно совершить совершенно удивительную прогулку. Может быть, на следующий год именно туда они и отправятся.

Она уже успела уйти на несколько шагов вперед, старательно кивая головой. Ей подумалось, что все это не более чем мимолетное настроение; всегда бывает трудно тронуться с места, а потом ритм шагов непременно ее успокоит. К вечеру, в гостинице в Ле-Виган, все ее страхи съежатся до размеров анекдота; за стаканом вина они покажутся всего лишь забавной деталью в насыщенном событиями дне.

Тропинка выписывала ленивые зигзаги по широкому склону горы. Идти было легко. Она небрежно заломила поля шляпы, чтобы солнце не било в глаза, и пошла под гору, размахивая на ходу руками. Она слышала, как Бернард ее окликнул, но решила не обращать на его оклик внимания. Может статься, ей даже пришло в голову, что, если она все время будет идти впереди, это каким-то образом собьет его непоколебимый настрой, так что в конце концов он сам предложит повернуть обратно.

Она дошла до места, где тропинка круто сворачивала в сторону, и двинулась дальше. В сотне метров впереди, у следующего поворота, стояли два осла. Дорожка сделалась шире, и вдоль нее росли кусты самшита — через промежутки настолько ровные, что казалось, будто их здесь высадили специально. Взгляд ее зацепился за что-то интересное дальше внизу, и она подошла к обрывистому краю тропы, вгляделась повнимательней. Это был старый, выложенный из камня и врезавшийся в склон ущелья ирригационный канал. Отсюда было видно, что дорожка идет вдоль него. Через четверть часа они смогут умыться и поплескаться в воде. Отойдя от края, она снова посмотрела вперед и обнаружила, что ослы на самом деле не ослы, а собаки, черные и невероятно большие.

Остановилась она не сразу. Холод, мигом разлившийся из-под желудка вниз, в ноги, заморозил всякую возможность немедленной реакции. Вместо этого она прошла еще с десяток шагов, постепенно замедляя ход, пока не остановилась посреди тропы, шатко, едва не потеряв равновесие. Они еще не успели ее заметить. О собаках она знала немного и не слишком-то их боялась. Даже самые злобные дворняги, которые охраняли отдаленные хутора на Косс, беспокоили ее разве что чуть-чуть. Но создания, которые в семидесяти метрах от нее перегородили тропу, собаками были только по очертаниям. По размерам они напоминали каких-то мифических чудищ. Внезапность их появления, аномально большие размеры наводили на мысль о некоем смысловом эпизоде в пантомиме, об аллегории, смысл которой должен был открыться только ей одной. Она ошарашенно подумала, что во всем этом есть нечто средневековое, этакая живая картина, выстроенная по строгим правилам и при этом пугающая. Эти собаки словно были воплощением чего-то потустороннего. Она почувствовала слабость и страх, ее опять начало подташнивать. Она стояла и ждала звука шагов Бернарда. Не могла же она настолько далеко от него оторваться?!

В здешних местах, где рабочие животные были маленькие и жилистые, не было нужды в собаках размером с осла. Эти твари — скорее всего, гигантские мастифы — обнюхивали кусок дерна возле тропинки. Ошейников на них не было, значит, не было и хозяина. Двигались они медленно. Казалось, они вместе решают какую-то вполне конкретную задачу. Сама их чернота и то, что черные они были обе, то, как они держались вместе, и то, что рядом с ними не было хозяина, заставило ее подумать о призраках. Джун в подобные вещи не верила. Мысль о призраках возникла потому, что твари эти были ей знакомы. Они были ожившим символом зла, присутствие которого она ощущала, воплощением того безликого, бессмысленного, невыразимого страха, который она чувствовала с самого утра. В привидений она не верила. Зато она верила в сумасшествие. И пострашнее, чем сами эти собаки, была промелькнувшая шальная мысль, что никаких собак здесь и в помине нет, что их попросту не существует. Одна из собак, несколько меньшая по размерам, чем ее собрат, подняла голову и заметила ее.

То, что эти животные могут вести себя независимо одно от другого, подумала она, вроде как подтверждает факт их принадлежности к реальному миру. Впрочем, от этого было не легче. Собака ростом побольше продолжала обнюхивать траву; другая теперь стояла неподвижно, приподняв одну переднюю лапу, смотрела на нее и пыталась уловить в теплом воздухе ее запах. Джун выросла в местности считай что сельской, но по сути своей была чисто городской девушкой. Она сумела сообразить, что бежать нельзя ни в коем случае, но и только: ее познания о мире ограничивались кругом из офиса, кино и библиотеки. В двадцать шесть лет опыт переживания опасности у нее был более чем средний. Как-то раз немецкая «фау» разорвалась в трехстах метрах от того места, где она укрылась; когда в городе еще не успели привыкнуть к затемнению, автобус, в котором она ехала, столкнулся с мотоциклом; а еще раньше — ей было тогда девять лет — она зимой упала в заросший водорослями пруд. Воспоминание об этих происшествиях или, скорее, смутный запах всех этих трех происшествий сконцентрировался теперь в единый металлический привкус у нее на языке. Собака сделала несколько шагов вперед и остановилась. Хвост у нее был опущен, передние лапы твердо стояли на земле. Джун отступила назад, на шаг, потом еще на два. Левая нога у нее дрожала в коленном суставе. Правая вела себя лучше. Она представила себе, что сейчас видит перед собой эта псина: бесцветное марево и один-единст-

венный парящий в воздухе перпендикуляр, одно-
значно — человек, мясо.

Она была уверена, что эти бесхозные собаки уми-
рают от голода. Здесь, в горах, в двух с лишним милях от Сан-Мориса, даже охотничья собака с трудом нашла бы чем поживиться. А это были сторожевые собаки, предназначенные для того, чтобы
нападать, а не выживать. Или домашние любим-
цы, которые вышли из того возраста, когда забавля-
ли хозяев, или же просто кормежка стала выходить
в слишком кругленькую сумму. Она испугалась, и
небезосновательно, не собак вообще, но неесте-
ственной величины этих конкретных собак в этом
безлюдном месте. И еще — их цвет. Да нет, пожалуй. Вторая, большая по размерам, собака заметила ее, подошла и встала рядом с первой. Они стояли
тихо секунд пятнадцать, а потом медленно двинулись в ее сторону. Если бы они сразу кинулись к
ней, она бы уже ничего не смогла сделать. Но теперь
ей было необходимо постоянно держать их в поле
зрения, ей нужно было видеть, как они приближа-
ются. Она рискнула наскоро оглянуться через плечо — моментальный снимок залитой солнцем тропы, блистающей полным отсутствием Бернарда.

Он был более чем в трех сотнях метров от нее. Он
остановился, чтобы перевязать шнурок, и с головой ушел в созерцание — в дюйме от кончика башмака — вереницы из двух дюжин коричневых мох-

натых гусениц, каждая из которых касалась жвалами конца тела той, что ползла впереди. Он окликнул Джун, чтобы та вернулась и посмотрела, но к этому времени она уже успела скрыться за первым поворотом. В Бернарде взыграл исследовательский дух. Эта процессия вдоль края тропы выглядела слишком целеустремленной. Ему захотелось со всей определенностью установить, куда она направляется и что произойдет по прибытии в пункт назначения. Он опустился на колени и достал фотоаппарат-«ящик». В видоискатель не попадало ничего сколько-нибудь примечательного. Он вынул из рюкзака записную книжку и начал делать набросок.

Собаки были уже менее чем в пятидесяти метрах и шли широким шагом. Когда они подойдут к ней, то будут ей по пояс, а то и выше. Хвосты у них были опущены, пасти раскрыты. Джун видела их розовые языки. В этом жестком пейзаже розового больше не было ничего, если не считать ее обгоревших на солнце ног под мешковатыми шортами. Чтобы хоть как-то успокоиться, она изо всех сил попыталась вызвать в памяти лейклендского терьера, который принадлежал ее тетушке, как он выходил не спеша в прихожую в доме священника, и когти цокали по полированному дубовому паркету, навстречу каждому гостю. Ни дружелюбия, ни враждебности — дотошная проверка, и все. Все собаки без исключения питают неодолимое чувство уважения к человеку, воспитанное поколениями, основанное на непреложной данности: человек умен, пес глуп. А еще хваленая собачья преданность, чувство зависимости, тотальная, до самоуничижения, страсть повиноваться хозяину. Но здесь, в горах, все эти правила превращались в пустую формальность, в тонкую пленку социальных условностей. Здесь человеческое превосходство не было подкреплено никаким реальным авторитетом. Здесь была только тропа, и она принадлежала любому живому существу, которое в состоянии по ней пройти.

Собаки продолжали приближаться против всяких правил. Джун отступала. Бежать она не осмеливалась. Она выкрикнула имя Бернард один, два, три раза подряд. В пропитанном солнцем воздухе голос ее звучал слабо. Услышав ее, собаки прибавили шагу, почти перейдя на рысь. Она не должна выказывать страха. Но они все равно его почуют. Значит, она не должна чувствовать страха. Дрожащими руками она принялась шарить по дорожке в поисках камней. Нашла три. Один она взяла в правую руку, а два других прижала левой рукой к телу. Отступала она теперь боком, выставив в сторону собак левое плечо. Попав ногой в ямку, она запнулась и упала. И так отчаянно рванулась обратно вверх, чтобы встать на ноги, что почти оторвалась от земли.

Камни по-прежнему были при ней. Она рассадила себе предплечье. И что теперь, запах свежей ссадины возбудит их еще сильнее? Ей захотелось высосать кровь из раны, но для этого пришлось бы отнять руку от бока, и камни упали бы на землю. До поворота по-прежнему оставалось более сотни метров. Собаки были уже в двадцати метрах и подходили все ближе. Остановившись наконец и развернувшись к ним лицом, она словно отделилась от собственного тела; это отдельное «я» приготовилось наблюдать — с полным безразличием и, хуже того, принимая все происходящее как должное — за тем, как сейчас заживо съедят молодую женщину. С чувством презрения она отметила, что каждый вздох переходит в тихий всхлип, а левую ногу опять скрутил мышечный спазм и от сильной дрожи она вот-вот потеряет равновесие.

Она прислонилась спиной к нависшему над тропой молодому дубу. И ощутила между спиной и стволом рюкзак. Не выронив камней, она спустила с плеч лямки и выставила рюкзак перед собой. Собаки остановились в пяти метрах от нее. Она поняла, что до сих пор изо всех сил цеплялась за одну-единственную, последнюю надежду, что ее страх — глупость чистой воды. Она осознала это в тот самый миг, когда надежда растаяла: как только большая из собак зарычала на тихой ровной ноте. Меньшая припала к земле, напружинив передние лапы, готовая к прыжку. Другая тут же пошла по окружности влево, сохраняя дистанцию. Теперь удерживать их обеих в поле зрения возможно, только если быстро переводить взгляд с одной на другую и обратно. В этом ракурсе она начала воспринимать их как вибрирующий конгломерат разрозненных деталей: пугающе черные десны, отвисшие черные губы, окаймленные по краям солью, прерывистая ниточка слюны, исчерченный бороздками язык, который ближе к загнувшемуся валиком краю становился гладким, желто-красный глаз, комок глазного гноя, присохший к шерсти, открытые язвы на передней ноге и замкнутый в треугольник разверстой пасти, возле самого челюстного сустава, небольшой сгусток пены, от которого она никак не могла оторвать глаз. Собаки принесли с собой целое облако мух. Несколько штук уже успели переметнуться к ней.

Бернард не получил от рисования ровным счетом никакого удовольствия, да и наброски его нисколько не были похожи на то, что он видел перед собой. Они показывали то, что он знал — или хотел знать. Это были всего лишь грубые схемы, в которые он позже вставит недостающие названия. Если он сможет идентифицировать гусениц, потом будет несложно выяснить по справочникам, что именно они собирались делать, если он сам сегодня не сможет этого установить. Он изобразил гусеницу как увеличенный продолговатый овал. При ближайшем рассмотрении оказалось, что гусеницы вовсе не коричневые, а покрыты тончайшим узором из оранжевых и черных полосок. На своей схеме он изобразил всего одну последовательность таких полосок, строго выверенную в соотношении с длиной тела гусеницы, и при помощи карандашных стрелочек обозначил соответствующие цвета. Он пересчитал всех участниц шествия — не такая простая задача, если учесть, что каждая последующая гусеница сливалась с волосяным покровом предыдущей. И записал число — двадцать восемь. Он сделал набросок портрета самой первой гусеницы в цепочке, анфас, указав примерные размеры челюстей и фасеточного глаза. Пока он стоял на коленях, чуть не касаясь щекой тропы, чтобы как следует рассмотреть голову ползущей гусеницы, сочлененную словно на шарнирах из каких-то непостижимых деталей, его посетила мысль о том, что мы делим планету с существами не менее сверхъестественными и чужими для нас, чем самые фантастические пришельцы из космоса. Но им мы даем имена и перестаем их замечать — или же сами их размеры не дают нам возможности к ним приглядеться. Он напомнил себе, что эту мысль нужно донести до Джун, которая, скорее всего, возвращается сейчас обратно, чтобы выяснить, почему он отстал, и, должно быть, слегка на него сердита.

Она пыталась говорить с собаками — по-английски, потом по-французски. Говорила она очень убедительно, чтобы подавить приступ тошноты. Уверенным тоном матерого собачника она приказала большей собаке, которая стояла, широко расставив передние лапы, и по-прежнему тихо рычала.

— Прекрати! Тихо!

Не слышит. Даже глазом не моргнула. Справа от нее вторая собака осторожно — ползком — двинулась вперед. Если бы они залаяли, ей было бы легче. Паузы между рычанием означали, что собаки что-то прикидывают про себя. У этих животных был план. С челюстей большей собаки на тропинку упала капля слюны. На ней тут же оказалось несколько мух.

Джун прошептала:

— Пожалуйста, уходите. Ну пожалуйста. О господи!

Это восклицание натолкнуло ее на вполне предсказуемую мысль о последнем и единственном шансе. Она попыталась найти в себе место для присутствия Божьего, и ей показалось, что перед ней забрезжил некий смутный силуэт, значимая пустота, которой она никогда прежде не замечала,— где-то в тыльной части черепа. Силуэт стронулся с места, поплыл наружу и вверх, развернувшись внезапно в гигантскую сферическую полутень, в покров из дрожащей энергетической субстанции или, как она пыталась объяснить позже, из «цветного невидимого света», который окружил и скрыл ее. Если это был Бог, то одновременно — и несомненно — это была и она сама. Но поможет ли ей это? Тронет ли ее внезапное и своекорыстное обращение к вере эту великую суть? Никакая просьба, никакая захлебывающаяся плачем молитва к чему-то, что столь явственно, столь очевидно было продолжением ее собственного существа, не казалась уместной. Даже и в этот критический момент она отдавала себе отчет в том, что открыла нечто необычайно важное, и преисполнилась уверенности выжить и понять, что к чему.

Не выпуская камня, она сунула руку в рюкзак, вынула остатки вчерашней колбасы и кинула на землю. Меньшая собака подскочила первой, но тут же уступила добычу напарнице. Колбаса вместе с провощенной бумагой, в которую она была завернута, исчезла меньше чем за тридцать секунд. Собака, пуская слюни, опять развернулась к ней. Между двумя зубами застрял треугольный клочок бумаги. Сука вынюхивала землю в том месте, где лежала колбаса. Джун сунула руку обратно в рюкзак. Между стопками свернутых вещей она нащупала что-то твердое. Она вынула из рюкзака перочинный нож с бакелитовой ручкой. Кобель сделал два быстрых шага в ее сторону. Теперь до него было не больше трех метров. Она переложила камень в левую руку, сунула бакелит в рот и раскрыла нож. Держать в одной руке и нож и камень не получалось. Нужно было сделать выбор. Нож с трехдюймовым лезвием был ее последней линией обороны. Воспользоваться им она сможет только тогда, когда собаки набросятся на нее. Она положила его на рюкзак сверху, ручкой к себе. Потом снова перехватила камень в правую руку и прислонилась спиной к дереву. От испуга камень она сжимала настолько отчаянно, что теперь он был совсем теплый. Она отвела руку назад. Теперь, когда она изготовилась к атаке, левая нога у нее стала дрожать еще сильнее прежнего.

Камень хлестко ударился о землю и брызнул по тропинке веером мелких камешков. До большого пса он не долетел примерно сантиметров на тридцать. Тот сморгнул, когда в морду ему ударила каменная крошка, но позиции уступать явно не собирался и только обнюхал то место, где камень ударился о землю: а вдруг снова еда? Потом поднял голову, отвернул морду чуть в сторону и заворчал — мерзкий, влажный, на выдохе звук. Именно этого она и боялась. Она только подняла ставки. Следующий камень был уже у нее в руке. Сука прижала уши и скользнула вперед. Бросок был отчаянным и безнадежным. Камень слишком рано вылетел у нее из руки, бессильно упал чуть поодаль и вбок, а лишенная добавочного веса рука бессмысленно рубанула воздух.

Большой пес припал к земле, изготовясь к прыжку, и ждал, когда она отвлечется хотя бы на долю секунды. Мышцы у него на бедрах дрожали от напряжения. Задняя лапа скребла по земле в поисках оптимальной точки опоры. У нее осталось всего несколько секунд, и в руке у нее был третий камень. Он пролетел у пса над спиной и ударился о тропу. Звук заставил пса дернуть головой в сторону, и в тот же миг, в эту добавочную секунду, Джун сделала первый шаг. Терять ей было нечего. В самозабвенном бреду она первая бросилась в атаку. Мысль о том, что все ее счастье, все надежды минувших месяцев и, наконец, явленный ей только что божественный свет сейчас падут жертвой пары бродячих собак, заставила ее в долю секунды перейти от страха к ярости. Она взяла нож в правую руку, выставила рюкзак перед собой, как щит, и кинулась вперед с отчаянным криком: «А-а-а-а-а-а-а!»

Сука отпрыгнула назад. Но огромный пес метнулся навстречу Джун. Она наклонилась вперед, чтобы встретить удар, и в тот же миг пес впился клыками в рюкзак. Он стоял на задних лапах, и она удерживала его одной рукой. Он давил на нее, и она подавалась под его тяжестью. Его морда была всего в десятке сантиметров от ее лица, чуть выше. Она выбросила руку вперед, нанесла три быстрых удара ножом, в бока и в брюхо, и удивилась, как легко нож входит в плоть. Славный маленький нож. При первом ударе желто-красные глаза пса расширились. При втором и третьем, прежде чем выпустить из пасти рюкзак, он взвизгивал, тонко и жалобно, совсем по-щенячьи. Воодушевленная этим звуком, снова закричав во весь голос, Джун пырнула его ножом в четвертый раз, снизу вверх. Но пес уже успел податься назад, и она промахнулась. Ударила она с такой силой, что потеряла равновесие и упала вперед, лицом в землю.

Нож вылетел у нее из руки. Шея будто ждала, когда ее перекусят. Ее передернуло долгим судорожным спазмом, она втянула плечи, поджала руки и ноги и закрыла лицо руками. «Вот и все,— была ее единственная мысль.— Вот и все».

Но ничего не произошло. Когда она осмелилась наконец поднять голову, собаки были уже в сотне метров и бежали прочь в ту же сторону, откуда пришли. Потом они свернули за поворот и исчезли.

Через четверть часа Бернард обнаружил ее сидящей на дороге. Когда он помог ей подняться на ноги, она сказала ему только, что ее напугали две собаки и что она хочет вернуться назад. Он не заметил окровавленного ножа, который Джун так и забыла подобрать с земли. Он начал было объяснять ей, как это глупо — лишить себя удовольствия спуститься по живописному склону к де-Навеселль и что с собаками он разберется сам. Но Джун уже шла прочь. Подобные перемены настроения были вовсе не в ее духе. Подобрав с земли рюкзак, он увидел кривую пунктирную линию дыр и влажные следы пены, но ему хотелось настоять на своем, и он вынужден был броситься за Джун следом. Когда он все-таки нагнал ее, она просто покачала головой. Ей больше нечего было сказать.

Бернард схватил ее за руку, пытаясь остановить:

— Давай хотя бы поговорим. Видишь ли, это довольно радикальная перемена планов.

Он видел, что она не в себе, и старался говорить спокойно. Она высвободила руку и двинулась дальше. Походка у нее была какая-то деревянная. Бернард снова нагнал ее, отдуваясь под тяжестью двух рюкзаков.

— Что-то случилось?

Утвердительное молчание в ответ.

— Ради всего святого, скажи, в чем дело.

— Не могу.— Она по-прежнему не останавливалась.

Бернард закричал:

— Джун! Это просто ни в какие ворота не лезет!

— Не спрашивай меня сейчас ни о чем, Бернард. Просто помоги мне добраться до Сан-Мориса. Пожалуйста.

Ответа она дожидаться не стала. Она не собиралась ничего обсуждать. Он еще ни разу не видел ее такой, как сейчас, и решил на этот раз ей уступить. Они вернулись к началу спуска в долину и под палящим солнцем, которое давило все более и более жестоко, пошли через выгон к высящейся вдалеке башне деревенского *château**.

В «Отель де Тильёль» Джун поднялась по ступенькам на веранду и села в кружевной тени лаймов, вцепившись обеими руками в краешек крашеного жестяного стола так, словно висела над пропастью. Бернард сел напротив нее и уже набрал было в грудь воздуха, чтобы задать свой первый вопрос, но тут она подняла руки, словно выставляя преграду, и замотала головой. Они заказали свежевыжатого лимонного сока. Пока несли заказ, Бернард достаточно подробно рассказал ей про вереницу гусениц и даже вспомнил о своем наблюдении относительно чуждой для человека природы иных биологических видов. Джун время от времени кивала, хотя и не всегда в нужный момент.

Мадам Орьяк, хозяйка гостиницы, принесла напитки. Это была деловитая, по-матерински заботливая женщина, которую еще прошлым вечером они для себя окрестили Ухти-Тухти**. Мужа она лишилась в 1940 году, когда немцы вторглись во Фран-

---

* Замок, поместье в горах — вообще любой одиноко стоящий или центральный для данного поселения большой и крепкий дом *(фр.)*.

** Заботливая и домовитая ежиха-прачка, которая стирает все, что попадает ей в лапки. Персонаж детской книги, написанной и проиллюстрированной знаменитой английской художницей-иллюстратором Беатрикс Поттер (1866—1943).

цию через бельгийскую границу. Когда она поняла, что перед ней англичане и что у них медовый месяц, она перевела их в комнату с ванной без всякой дополнительной платы. Она принесла поднос со стаканами лимонного сока, стеклянной бутылкой воды с наклейкой «Рикар» и блюдечком меда вместо сахара, который до сих пор выдавали по карточкам. По тому, как осторожно она поставила перед Джун стакан, сразу было видно: она поняла, что с англичанкой что-то не так. Потом, на мгновение раньше Бернарда, она увидела правую руку Джун, приняла собачью кровь за ее собственную, тут же схватила ее за запястье и воскликнула:

— Ах, бедняжка, как же вы так поранились? Пойдемте в дом, я вам помогу.

Джун послушно встала, мадам Орьяк поддерживала ее за руку. Она уже почти дала увести себя с веранды в гостиницу, как вдруг ее лицо исказилось и она издала странный высокий звук, похожий на крик удивления. Бернард в ужасе вскочил на ноги, ему показалось, что сейчас он станет свидетелем родов, выкидыша или еще какой-нибудь эффектной женской напасти. Мадам Орьяк, сохраняя спокойствие, подхватила молодую англичанку и помогла ей сесть обратно на стул. Джун беззвучно давилась рыданиями, потом наконец брызнули слезы, и она расплакалась совершенно по-детски.

Обретя дар речи, Джун рассказала, что произошло. Она села поближе к мадам Орьяк, которая велела принести коньяку. Бернард потянулся через стол и взял жену за руку, но она поначалу не хотела принимать от него никакой поддержки. Она не простила ему, что в критический момент его не оказалось рядом, а недавний рассказ об этих дурацких гусеницах только подогревал в ней чувство обиды. Но когда она дошла до кульминационной точки своего рассказа и поняла по выражению лица, как Бернард удивлен и как он гордится ею, она переплела свои пальцы с его пальцами и ответила на его любящее пожатие.

Мадам Орьяк велела официанту сходить и привести сюда мэра, даже если для этого придется потревожить его послеобеденный сон. Бернард обнял Джун и сказал, что восхищен ее смелостью. Коньяк согрел ей желудок. Она наконец поняла, что все действительно кончилось. Теперь в худшем случае событие это превратится в яркое воспоминание. Это уже история, которую можно вспомнить без стыда, потому что она с честью выдержала испытание. На душе у нее стало легче, она подумала о своей любви к милому Бернарду, и когда мэр поднялся на крыльцо веранды, небритый и заспанный — его не вовремя разбудили, — он уже застал счастливую сцену примирения, маленькую идиллию, на которую с улыбкой взирала мадам Орьяк. Так что возмущенное чувство, с которым он потребовал объяснений относительно того, какая такая срочная необходимость заставила вытащить его из постели в самый послеполуденный зной, было вполне естественным.

Судя по всему, мадам Орьяк имела на мэра какое-то особое влияние. После того как он обменялся рукопожатиями с английской четой, ему было предложено сесть. Он молча принял рюмку коньяка. Он немного взбодрился, когда мадам Орьяк велела официанту поставить на стол кофейник. Настоящий кофе до сих пор был редкой роскошью. А этот был из самых лучших темных арабских зерен. Мэр в третий раз поднял рюмку. *Vous êtes Anglais?** Его сын, который сейчас изучает инженерное дело в Клермон-Ферране, сражался плечом к плечу с англичанами из Британского экспедиционного корпуса, всегда говорил...

— Эктор, об этом позже,— сказала мадам Орьяк.— Ситуация у нас крайне серьезная.

И чтобы не заставлять Джун повторять все с самого начала, она рассказала историю сама, разве что самую малость ее приукрасив. Впрочем, когда мадам Орьяк дошла до того момента, когда Джун боролась с кобелем, но еще не успела нанести свой первый удар, героиня попыталась вмешаться. Жители деревни отмахнулись от ее реплики, квалифицировав ее как свидетельство излишней скромности. Под конец мадам Орьяк продемонстрировала

---

* Вы англичане? *(фр.)*

рюкзак Джун. Мэр присвистнул сквозь зубы и обнародовал вердикт:

— *Ç'est grave**.

Две голодные бродячие собаки, возможно бешеные, причем одна из них ранена и тем более опасна, представляют собой несомненную угрозу для общества. Сейчас он допьет вот этот стакан, тут же соберет местных жителей и пошлет их в долину, чтобы выследить и застрелить этих зверей. А еще он созвонится с Наваселлем, чтобы выяснить, что те смогут сделать со своей стороны.

Мэр, судя по всему, вознамерился подняться из-за стола. Потом потянулся за своим опустевшим стаканом и опустился обратно на стул.

— Ведь было уже такое,— сказал он.— Прошлой зимой. Помните?

— Ничего об этом не слышала,— сказала мадам Орьяк.

— Только в прошлый раз собака была одна. Но все то же самое, и причина такая же.

— Причина? — переспросил Бернард.

— Вы хотите сказать, что ничего не знаете? *Ah, ç'est une histoire***.

Он подтолкнул стакан в сторону мадам Орьяк, которая тут же кликнула официанта. Тот подошел

---

* Это серьезно *(фр.)*.
** Ну, это целая история *(фр.)*.

и стал что-то шептать мадам Орьяк на ухо. Та махнула рукой, он взял стул и тоже сел рядом. Неожиданно появилась с подносом Моник, дочка мадам Орьяк, работавшая на кухне. Все подняли стаканы и чашки, чтобы она могла постелить на стол белую скатерть и поставить две бутылки местного вина, стаканы, корзинку с хлебом, миску оливок и положить пригоршню ножей и вилок. За пределами тенистой веранды, на винограднике, сухой, горячечный треск цикад стал еще оглушительней. Наступившее время суток, послеполуденное время, которое в Миди* относится к числу таких же основополагающих элементов бытия, как воздух и свет, опустилось на землю и лавой растеклось по оставшейся части дня, и — вверх, в бездонные полости кобальтово-синего неба, в своей роскошной лени освободив всех и каждого от каких бы то ни было обязательств.

Моник вернулась со свиным паштетом на коричневом обливном блюде к тому самому моменту, как мэр, разлив вино в чистые стаканы, начал свой рассказ:

— Поначалу места у нас были тихие — я говорю про сороковой и сорок первый годы. У нас тут все делается медленно, и по причинам, ну, скажем так, историческим — всякие там семейные распри,

---

* Южные районы Франции.

дурацкие споры — в группу, сформировавшуюся вокруг Мадьер, той деревни, что возле реки, мы не вошли. Но потом, в сорок втором, в марте, не то в апреле, кое-кто из здешних помог наладить линию Антуанетт. Она шла от побережья в районе Сэт, через Серанн, потом через здешние места в Севенны и далее на Клермон. И пересекалась с линией Филипп, которая шла с востока на запад через Пиренеи в Испанию.

Бернард скорчил озадаченную мину, Джун сидела, не поднимая глаз; мэру показалось, что люди просто не в курсе, и он решил наскоро пояснить, что имеет в виду.

— Я вам сейчас расскажу, что это такое. Взять, к примеру, наше первое задание. С подлодки выгрузили на мыс Агд радиопередатчики. Наш участок переправил их из Ла-Вакери в Ле-Виган за три ночи. А куда они ушли потом, нам и знать было незачем. Понимаете?

Бернард старательно закивал головой, так, словно все разом встало на свои места. Джун глаз так и не подняла. Они даже наедине никогда не обсуждали того, чем занимались во время войны,— вплоть до 1974 года. Бернард формировал грузы для выброски на различных направлениях, хотя и не был никогда лично связан с такой незначительной линией, как Антуанетт. Джун работала на группу, которая во взаимодействии со Свободной Францией вела пропагандистскую работу во Франции вишистской,— но и она тоже ничего не знала о линии Антуанетт. Все то время, пока мэр говорил, Бернард и Джун избегали смотреть в глаза друг другу.

— Антуанетт прекрасно работала,— сказал мэр,— на протяжении семи месяцев. Нас здесь и было-то всего ничего. Мы сопровождали агентов и радистов дальше на север. Иногда это были просто грузы. Один раз переправили на побережье канадского летчика...

Из того, как ерзали на стульях мадам Орьяк и официант, явствовало, что они либо уже далеко не в первый раз слушали все это за бутылочкой коньяка, либо же что, с их точки зрения, мэр просто хвастается. Мадам Орьяк вполголоса переговаривалась с Моник, давая ей какие-то указания насчет следующей перемены блюд.

— А потом,— повысив голос, сказал мэр,— что-то где-то не заладилось. Кто-то проговорился. В Арбора взяли двоих. И тогда к нам нагрянула милиция*.

Официант вежливо отвернулся и сплюнул в корни лаймового дерева.

— Они пошли прямо по линии, устроили себе штаб-квартиру здесь, в гостинице, и начали допрашивать всю деревню, человека за человеком. И я

---

* Полицейские части Вишистской республики.

горжусь тем, что выяснить им не удалось ничего, ровным счетом ничего, так ни с чем они и уехали. Но Антуанетт на этом прекратила свое существование, и с этих пор деревня Сан-Морис попала в черный список. Как-то вдруг выяснилось, что мы контролируем дорогу на север через долину. И в тени оставаться у нас больше не получалось. Они шастали здесь день и ночь напролет. Обзавелись информаторами. Антуанетт умерла, и возродить ее было очень не просто. Севеннские маки́* прислали к нам сюда человека, и у нас вышел спор. Конечно, мы живем на отшибе, но наблюдать за нами тоже очень легко, и вот этого маки никак не желали понять. У нас за спиной Косс, голая земля, и спрятаться там негде. А перед нами долина, дороги в которую можно по пальцам пересчитать. Но в конце концов мы все-таки начали все сначала, и практически сразу они арестовали нашего доктора Бубаля. Отвезли его аж в самый Лион. Его там пытали, и такое впечатление, что он умер, так ничего им не сказав. В тот день, когда его увезли, появилось гестапо. Прибыли они с собаками, огромными такими, уродливыми зверюгами, которых они использовали в горах, чтобы выследить убежища маки.

---

* Маки́ — *букв.* лесные дебри, чаща. В годы Второй мировой войны — французские партизаны, бойцы антифашистского Сопротивления.

По крайней мере, так они говорили, но я никогда не верил, что эти собаки — следопыты. Это были сторожевые собаки, а не гончие. Приехали гестаповцы с собаками, реквизировали дом в центре деревни и стояли здесь три дня. Не очень было понятно, чего они хотели. Потом убрались отсюда, а через десять дней появились снова. То же самое через две недели. Они постоянно перемещались по всей округе, и мы никогда не знали, где и когда они объявятся в следующий раз. И всюду ходили с этими своими собаками и во все совали нос. Они хотели просто запугать людей, и им это удалось. И собак, и поводырей боялись все. Нам казалось, что выходить ночью из деревни, при том, что окрестности патрулируют эти самые собаки, стало опасно. Да и милиция к этому времени уже всерьез обзавелась информаторами.

Мэр допил вино двумя большими глотками и налил себе еще.

— Потом мы выяснили, для чего на самом деле предназначены эти собаки или по крайней мере одна из них.

— Эктор…— упреждающим тоном сказала мадам Орьяк,— только не это…

— По сперва,— сказал мэр,— я должен вам косчто рассказать о Даниэль Бертран…

— Эктор,— сказала мадам Орьяк.— Юная леди не желает слушать эту историю.

Но какой бы там властью она ни обладала над мэром, вино лишило ее этой власти.

— Я бы не сказал,— заявил тот,— что мадам Бертран очень нравилась здешним людям.

— Спасибо тебе и твоим дружкам,— тихо добавила мадам Орьяк.

— Она приехала вскоре после того, как началась война, и поселилась в маленьком доме на краю деревни, который она унаследовала от тетки. Она сказала, что мужа ее убили под Лиллем в сороковом году. Может, это и правда, а может, и нет.

Мадам Орьяк покачала головой. Она откинулась на спинку стула и скрестила руки на груди.

— Были у нас кое-какие подозрения на ее счет. Может быть, мы и ошибались...

Последнюю фразу мэр явно адресовал мадам Орьяк, но та на него даже не взглянула. Ее неодобрение приняло форму яростного молчания.

— Но на войне оно ведь всегда так,— продолжал он, вычертив рукой в воздухе какую-то замысловатую фигуру, видимо означавшую, что нечто в таком роде и сказала бы мадам Орьяк, если бы ей дали слово.— Приезжает к нам чужой человек, женщина, и никто даже понятия не имеет, откуда у нее деньги, и никто не припомнит, чтобы старая мадам Бертран когда-нибудь вообще упоминала о том, что у нее есть племянница, а сама еще такая надменная и сидит целыми днями на кухне, обложившись книжками. Естественно, у нас начались всякие подозрения на ее счет. Не любили мы ее, и все тут. А все это я рассказываю только потому, что хочу, чтобы вы поняли, мадам, — это уже в сторону Джун, — что, несмотря на все, что я вам тут сейчас наговорил, события сорок четвертого года меня привели просто в ужас. И мне было очень, очень жаль...

Мадам Орьяк фыркнула:

— Ему жаль!

В этот момент появилась Моник с большой глиняной *cassole**, и вполне естественным образом примерно на четверть часа все внимание переключилось на *cassoulet***. Время от времени раздавались одобрительные восклицания от всех присутствующих, и мадам Орьяк, весьма польщенная, взялась рассказывать историю о том, как она открыла для себя самый главный ингредиент этого блюда, пресервированную гусятину.

Когда все наелись, мэр закончил свой рассказ:

— Нас вот за этим самым столиком сидело человека три или четыре, вечером, после работы, и вдруг видим — бежит по улице в нашу сторону мадам Бертран. Вид у нее был — просто жуть. Одежда вся порвана, из носу течет кровь, а на лбу ссадина.

---

 * Большая и глубокая глиняная миска *(фр.)*.
 ** Рагу из бобов с мясом (или птицей), запеченное в *cassole (фр.)*.

И еще она кричала, то есть говорила, но очень неразборчиво, и бежит прямо сюда, вот по этой лестнице и в дом, ищет мадам...

Мадам Орьяк сказала очень быстро:

— Ее изнасиловали в гестапо. Извините, мадам.— И она положила руку на руку Джун.

— Мы все именно так и подумали,— сказал мэр.

— И правильно подумали,— решительно произнесла мадам Орьяк.

— Но потом-то выяснилось совсем другое. Пьер и Анри Сови...

— Пьянчуги!

— Они видели, как было дело. Извините меня, мадам,— в сторону Джун,— но они привязали Даниэль Бертран к стулу...

Мадам Орьяк с силой ударила рукой по столу:

— Эктор, я тебе по-хорошему говорю. Я не позволю, чтобы эту историю рассказывали при...

Но Эктор обращался уже только к Бернарду:

— Это не гестаповцы ее изнасиловали. Они для этого использовали...

Мадам Орьяк вскочила на ноги:

— Ты немедленно выйдешь из-за моего стола, и больше не есть тебе в этом доме и не пить!

Эктор замялся, потом пожал плечами и уже успел наполовину встать со стула, когда Джун спросила:

— Что они использовали? Что вы имеете в виду, мсье?

Мэр, которому так не терпелось поведать эту историю, услышав прямой вопрос, пришел в замешательство.

— Необходимо принять во внимание, мадам... Братья Сови видели это собственными глазами, через окно... А потом до нас доходили слухи, что подобное происходило во время допросов и в Лионе, и в Париже. Если по правде, то животное можно так натаскать...

И тут наконец мадам Орьяк взорвалась:

— По правде, говоришь? Поскольку я тут единственный человек, единственный на всю деревню, кто знал Даниэль, я скажу тебе, как оно будет по правде!

Она выпрямилась во весь рост, вся дрожа от еле сдерживаемой ярости. Позже Бернард вспомнил, как подумал в тот момент: не поверить этой женщине нельзя. Мэр по-прежнему стоял в полуприседе, отчего вид у него сделался совершенно раболепный.

— Правда в том, что братья Сови — это парочка алкашей, а ты и твои приятели терпеть не могли Даниэль Бертран, потому что она была красивая, и жила одна, и не считала, что обязана что-то такое вам или кому бы то ни было объяснять. А когда весь этот кошмар с ней приключился, вы что, помогли ей, защитили от гестапо? Ничуть не бывало, вы приняли их сторону. Ей и так было плохо, а вы еще эту

историю придумали, поганую эту историю. Вы все...
с какой готовностью вы поверили двум этим пьяни-
цам! Столько удовольствия вам эта история доста-
вила! Еще бы, такое унижение для Даниэль! Вы же
потом только об этом и говорили. Так и выжили бед-
ную женщину из деревни. А она-то стоила побольше, чем вы все, вместе взятые, и позор вам всем, а
тебе пуще прочих, Эктор, с твоим-то положением.
И вот что я тебе теперь скажу. Я не желаю, чтобы
впредь об этой мерзкой истории даже речь заходила. Ты понял меня? Никогда!

Мадам Орьяк села. Мэр, поскольку в спор с ней
вступать не стал, видимо, решил, что заслужил право последовать ее примеру. В наступившей тишине стало слышно, как Моник моет на кухне посуду.

Джун откашлялась.

— И собаки, которых я видела сегодня утром?..
Голос у мэра был тише некуда.

— Те самые, мадам. Из гестапо. Видите ли, потом все так быстро переменилось. Союзники вы-
садились в Нормандии. Когда они начали насту-
пать, немцы стали выводить отсюда войска на север, к линии фронта. Та группа, которая была здесь,
не делала ничего, кроме запугивания местных, так
что их отправили в числе первых. А собаки остались здесь и одичали. Нам казалось, они сами сдох-
нут, но они приноровились таскать овец. Два года

уже нет с ними сладу. Но вы не беспокойтесь, мадам. Сегодня к вечеру этих двух наверняка пристрелят.

И, в полной мере восстановив чувство самоуважения сим рыцарственным обещанием, мэр снова выпил до дна, налил себе еще и поднял стакан:

— За мир!

Но быстрые взгляды в сторону мадам Орьяк показали, что сидит она, по-прежнему скрестив руки на груди, и потому тост мэра принят был довольно сдержанно.

После коньяка, вина и сытного обеда мэру так и не удалось в тот вечер составить из местных жителей поисковый отряд и отправить его в долину. И к следующему утру тоже ничего в этом смысле не изменилось. Бернарда это раздражало. Он по-прежнему был настроен на поход, ему хотелось пройти по тем местам, которые видел, стоя у дольмена де-ля-Прюнаред. Сразу после завтрака он вознамерился отправиться к мэру. Но Джун была даже рада вынужденному безделью. Ей было о чем подумать, и утомительные переходы на своих двоих не казались ей особо привлекательными. Домой ее теперь тянуло еще сильнее, чем прежде. И теперь у нее для этого было прекрасное основание. Она постаралась объяснить Бернарду, что, даже если она увидит обеих собак мертвыми у собственных ног, желания идти в Наваселль у нее от этого не прибавится. И мадам Орьяк, которая за завтраком лично обслуживала их столик, тоже прекрасно ее поняла. Она рассказала им о тропинке, *«doux et beau»**, которая ведет в южном направлении к Ла-Вакери, потом взбирается на холм и уже оттуда спускается с Косс к деревне под названием Ле-Сальс. А еще примерно в километре оттуда находится Сан-При-ва, где живут ее двоюродные сестры, которые с превеликим удовольствием и за минимальную плату устроят их на ночь. А потом за день они не торопясь дойдут до Лодева. Проще некуда! Она нарисовала план местности, записала имена и адреса своих кузин, наполнила водой фляги, дала каждому на дорогу по персику и даже проводила их до этой самой тропинки, прежде чем расцеловать их в обе щеки — в те времена для англичан обычай более чем экзотический,— а Джун еще и крепко обняла на прощанье.

Косс-де-Ларзак между Сан-Морис и Ла-Вакери — местность и в самом деле более приятная, чем кустарниковая пустошь дальше к западу. Я сам не раз и не два ходил по ней. Может быть, просто потому, что хутора стоят здесь значительно ближе друг

---

* Пологая и красивая *(фр.)*.

к другу и их облагораживающее воздействие на окружающий пейзаж сказывается в полной мере. Возможно, дело в давнем влиянии *полье*, доисторического речного русла, идущего под прямым углом к Горж. Узкая тропинка, почти туннель, проложенная в зарослях шиповника, проходит мимо росяного пруда* на лужайке, разбитой одной эксцентрической дамой как пастбище для старых и не пригодных к работе ослов. Где-то неподалеку молодые супруги легли, отыскав тенистый уголок, и тихо — ибо кто знает, кому взбредет в голову пройти по тропинке, — возобновили сладостное и бесшабашное единение двухнощной давности.

В деревню они вошли ближе к полудню. Ла-Вакери стояла когда-то на большой почтовой дороге из Косс в Монпелье — до того, как в 1865 году проложили дорогу из Лодева. Как в Сан-Морисе, там до сих пор есть отель-ресторан, там Джун с Бернардом и сели на узеньком тротуаре на стулья спиной к стене, потягивая пиво и прикидывая, что бы им заказать на обед. Джун снова молчала. Ей хотелось поговорить о цветном ореоле, который она не то видела, не то чувствовала, но она была уверена, что Бернард попросту от нее отмахнется. Еще ей хоте-

---

* Искусственный мелкий пруд, запасы воды в котором пополняются за счет росы и естественного конденсата.

лось обсудить рассказанную мэром историю, но Бернард еще раньше дал понять, что он не верит в ней ни единому слову. Ей совсем не хотелось вступать в споры, но и в молчании была заложена толика обиды, которая в последующие несколько недель станет куда ощутимее.

Неподалеку, там, где от главной улицы отходила боковая, стоял чугунный крест на каменном постаменте. Англичане сидели и смотрели, как каменщик вырезает на нем дюжину новых имен. В дальнем конце улицы, в глубокой тени дверного проема стояла молодая женщина в черном и тоже смотрела на каменщика. Она была очень бледной, и поначалу им показалось, что она страдает от какой-то неизлечимой болезни. Она стояла совершенно неподвижно, придерживая одной рукой краешек головной накидки, который закрывал ей нижнюю часть лица. Каменщика ее взгляд, судя по всему, смущал, и он старался держаться к ней спиной. Примерно через четверть часа из дома, шаркая обутыми в ковровые тапочки ногами, появился старик в рабочей блузе, не говоря ни слова, взял ее за руку и увел за собой. Когда владелец ресторана вышел, чтобы поставить на их стол салат, он кивнул на другую сторону улицы, на опустевший дверной проем, и сказал по-французски:

— Трое. Муж и два брата.

Это невеселое происшествие довлело над ними, когда в самую жару они, отяжелев от еды, взбирались вверх по склону холма к Бержери-де-Тедена. На полпути они остановились передохнуть в тени сосновой рощицы, перед началом обширного открытого пространства. Бернард будет помнить этот момент всю оставшуюся жизнь. Они успели сделать по глотку из фляжек с водой, и тут его вдруг осенила мысль о недавно минувшей войне не как об историческом, геополитическом факте, а как о почти неисчислимом, близком к бесконечности множестве частных человеческих трагедий, о бездонной скорби, которая, ничуть не теряя накала, ежеминутно распределяется между отдельными людьми, покрывшими континент, как пыль, как споры, людьми, чья индивидуальность навсегда останется безвестной и чей суммарный объем горя даже и попытаться себе представить попросту невозможно; груз, который молча несут на себе сотни тысяч, миллионы людей, похожих на эту женщину в черном, которая потеряла мужа и двоих братьев, и за каждым таким горем стоит вполне конкретная, острая, запутанная история любви, которая могла бы сложиться совсем по-другому. Ему показалось, что он вообще никогда раньше не думал о войне, о цене войны. Он был настолько занят деталями своей работы, тем, чтобы исполнять ее должным образом, и самый широкий горизонт для него был — цели войны, победа, статистика потерь, статистика разрушений и послевоенное восстановление. Впервые он ощутил масштаб свершившейся катастрофы с точки зрения человеческих чувств; каждую смерть, уникальную и одинокую, и то горе, которое она влечет за собой, столь же одинокое и уникальное,— всем этим потерям нет места на мирных конференциях, в заголовках газет, в истории, они тихо распределяются по домам, кухням, стылым постелям и мучительным воспоминаниям. Все это пришло Бернарду в голову в лангедокской сосновой роще в 1946 году не как наблюдение, коим он мог бы поделиться с Джун, но как некое глубинное понимание, осознание истины, которое заставило его погрузиться в молчание, а позже поставило перед ним вопрос: какое будущее ожидает Европу, покрытую этой пылью, этими спорами, если полное забвение будет актом негуманным и опасным, а постоянная память — непрерывной пыткой?

Джун эту историю не раз слышала из уст Бернарда, но при этом уверяла, что сама она не помнит никакой женщины в черном. Проходя через Ла-Вакери в 1989 году по дороге к дольмену, я обнаружил, что постамент памятника исписан латинскими изречениями. Имен людей, погибших на войне, там не было.

К тому времени, как они добрались до вершины, настроение у них снова улучшилось. Отсюда открывался вид на лежащую позади, в двенадцати километрах от них, долину, и весь проделанный путь можно было отследить как по карте. Именно там они и начали сбиваться с дороги. По схематичному плану, сделанному мадам Орьяк, трудно было понять, где именно нужно сойти с тропы, идущей мимо Бержери-де-Тедена. Они свернули слишком рано, соблазнившись одной довольно заманчивой тропинкой, проложенной охотниками, которая вьется сквозь заросли тимьяна и лаванды. Особого беспокойства Джун и Бернард не испытывали. Повсюду вокруг были разбросаны выходы доломитовой породы, превращенные водой и ветром в башни и полуразрушенные арки, и складывалось впечатление, что ты идешь по развалинам древнего селения, которые поглотил пышный сад. Они счастливо брели по направлению, которое казалось им верным, примерно в течение часа. Где-то здесь им должна была попасться широкая грунтовая дорога, от которой в сторону пойдет тропинка — крутой спуск мимо Па-де-ль'Азе и дальше вниз, в Ле-Сальс. Пожалуй, даже имея на руках самую лучшую карту, отыскать ее было бы непросто.

Когда день стал клониться к вечеру, они начали ощущать усталость и тревогу. Бержери-де-Тедена представляет собой длинный приземистый амбар, который прекрасно виден на самой линии горизонта, и они уже двинулись было, превозмогая себя, назад, к Бержери, по едва заметному спуску, когда откуда-то с запада до них донесся странный глуховатый перезвон. По мере того как звук приближался, он постепенно рассыпался на тысячу мелодических тактов, как будто множество глокеншпилей, ксилофонов и маримб соревновались между собой в диком хаотическом контрапункте. Бернарду тут же явился образ холодной воды, капающей на гладкие камни.

Зачарованные, они остановились прямо на тропинке и стали ждать. Сначала они увидели только облако охряной пыли, подсвеченное низким, но все еще отчаянно жарким солнцем, а потом из-за поворота тропинки показались первые овцы. Они явно были напуганы внезапной встречей, но назад, против накатывающей сзади овечьей реки, повернуть уже не могли. Бернард и Джун взобрались на валун и стояли там в клубах пыли и нарастающем трезвоне колокольчиков, дожидаясь, пока пройдет стадо.

Овчарка, трусившая следом за отарой, заметила их, но не стала обращать на них внимания. Позади, метрах в пятидесяти, шел пастух. Так же как и его собака, он заметил их, но ровным счетом никакого любопытства выказывать не стал. Он бы так и проследовал мимо, удостоив их разве что кивком головы, если бы Джун не спрыгнула на тропинку прямо перед ним и не спросила, как пройти в Ле-Сальс. Ему потребовалось еще несколько шагов, чтобы остановиться окончательно, да и после этого заговорил он не сразу. У него были традиционные для здешних пастухов густые висячие усы и широкополая шляпа, точно такая же, как на них самих. Бернард почувствовал себя обманщиком и чуть было не сдернул шляпу с головы. Подумав, что ее дижонский диалект может быть не слишком понятен пастуху, Джун уже начала повторять свой вопрос в два раза медленнее. Пастух поправил наброшенное на плечи вытертое одеяло, кивнул в сторону уходящих овец и быстро двинулся вперед, постепенно обогнав стадо. Он пробормотал на ходу что-то невнятное. Они не разобрали слов, но им показалось, что они должны идти за ним следом.

Минут через двадцать пастух свернул в просвет между соснами, и собака направила отару туда же. Бернард и Джун уже проходили сегодня мимо этого места не то три, не то четыре раза. Они оказались на небольшой поляне на краю утеса: закатное солнце, уходящие вдаль гряды невысоких холмов и вдалеке полоска моря. Тот самый вид, которым они любовались в утреннем освещении с гор над Лодевом три дня тому назад. Они стояли на краю плато и собирались спускаться вниз. Они возвращались домой.

Возбужденная, уже подпавшая под власть счастливого предощущения той радости, которая вскоре наполнит сперва ее собственную жизнь, а потом и жизнь Дженни, и мою, и наших детей, Джун обернулась, расталкивая лезущих прямо ей под ноги овец, чтобы поблагодарить пастуха. Собака уже загоняла отару на узкую кремнистую тропинку, которая спускалась мимо огромной скальной массы Па-де-ль'Азе.

— Как здесь красиво! — крикнула Джун, перекрывая трезвон колокольчиков.

Пастух посмотрел на нее. Ее слова не сказали ему ровным счетом ничего. Он повернулся, и они пошли за ним вниз.

Возможно, мысли о доме оказали воздействие и на пастуха тоже, или, может быть, если принять куда более циничную интерпретацию Бернарда, пастух сделался более разговорчивым по пути вниз потому, что в голове у него уже сложился некий план. Вообще-то, объяснил он, обычно овец так рано с Косс не сгоняют. Перегон овец с летних пастбищ в горах обычно начинается в сентябре. Но недавно его брат разбился на мотоцикле, и он теперь идет вниз, чтобы уладить кое-какие дела. Стада придется слить, часть овец продать, а еще нужно будет продать недвижимость и расплатиться с долгами. Под этот разговор, прерываемый долгими паузами, они прошли через дубовую рощу, мимо разрушенного пастушьего зимника, принадлежавшего дяде их собеседника, через сухую лощину, потом еще через одну рощу каменных дубов, пока не вышли наконец, обогнув растущий на холме сосновый бор, на широкую, залитую солнцем горную террасу, с которой открывался вид на долину, сплошь покрытую дубами и виноградниками. Внизу, километрах в полутора, на краю небольшого ущелья, прорезанного крохотной речушкой, приютилась деревня Сан-Пива. А здесь, на террасе, глядя окнами на долину и на заходящее солнце, стоял другой, выстроенный из серого камня дом пастуха. Сбоку от него притулилась небольшая лужайка, на которую собака уже загоняла отставших овец. Дальше к северу по краю плато раскинулись обширным, расширяющимся к северо-западу амфитеатром отвесные скалы.

Пастух пригласил их сесть возле дома и передохнуть, пока он сходит к роднику за водой. Джун и Бернард уселись на каменной скамье, прислонившись спиной к неровной, нагретой солнцем стене, и стали смотреть, как солнце опускается за уходящие в сторону Лодева холмы. По мере того как оно уходило за горизонт, в воздухе потянуло прохладным сквознячком, а цикады слегка сменили тональность. Сидели они молча. Вернулся пастух с винной бутылью, по самое горлышко полной воды, и пустил ее по кругу. Бернард разрезал на дольки персики мадам Орьяк, и они стали их есть. Пастух, имени которого они так и не узнали, истощил свою способность к разговорам и снова ушел в себя. Но молчание его было мягким и дружеским, и какое-то время они все трое сидели в рядок, Джун в середине, и смотрели на пламенеющее закатное небо, и она чувствовала, как внутри ее разливаются покой и простор. Это счастливое чувство умиротворенности было настолько насыщенным, что она вдруг подумала: оказывается, до сих пор она совсем не понимала, что такое счастье. То, что она испытала позапрошлым вечером у дольмена де ля Прюнаред, было чем-то вроде предисловия к этому ощущению, потерянному в разговорах, благих намерениях, планах по повышению материального благосостояния незнакомых людей. А между тем эпизодом и этим были черные собаки — и овал яркого света, которого она больше не видела, но чье незримое присутствие помогало ей чувствовать себя счастливой.

Она была счастлива на этом маленьком клочке земли, приютившемся под высоким скалистым боком плато. Она была готова к путешествию в саму себя, она изменилась. Именно так, именно здесь, именно сейчас. Именно к этому и стремится любая человеческая жизнь — а как же иначе? — но крайне редко получает шанс вкусить сполна настоящее, текущий момент во всей его простоте: мягкий вечерний воздух, запах примятого под ногой тимьяна, ее голод, ее только что утоленная жажда, теплый камень, который она чувствовала сквозь юбку, вкус персика во рту, ее затекшая рука, ее натруженные ноги, ее потная, солнечная, пыльная усталость, это затерянное в горах очаровательное место, эти двое мужчин, одного из которых она знала и любила, и другой, молчанию которого она доверяла и который — она была в этом уверена — ждал, когда же она сделает следующий, неизбежный шаг.

Она спросила, можно ли ей осмотреть дом. Он вскочил на ноги как будто даже раньше, чем она успела договорить до конца, и двинулся к пробитой в северной стене здания парадной двери. Бернард сказал, что ему и здесь хорошо и идти он никуда не хочет. Джун следом за пастухом шагнула в кромешную тьму. Он засветил и поднял повыше лампу. Она сделала два или три шага и остановилась. В воздухе царил сладковатый запах соломы и пыли. Она стояла посередине длинного, похожего на амбар помещения с высокой крышей, поделенного на два этажа сводчатым каменным потолком — с просветом между этажами в одном из углов. Пол был глинобитный. Джун немного постояла на месте молча; пастух терпеливо ждал. Когда наконец она повернулась и спросила по-французски: «Сколько?» — он тут же назвал цену.

Цена в пересчете составила примерно тридцать пять фунтов, и к дому прилагалось еще двадцать акров земли*. Забегая вперед, следует сказать, что хранившейся дома у Джун накопленной суммы вполне хватало, но собраться с духом и сказать Бернарду о сделанном приобретении она сумела только на следующий вечер. К немалому ее удивлению, он даже не попытался выстроить против нее стену разумных аргументов в пользу необходимости сперва купить дом в Англии, не стал объяснять, что аморально владеть двумя домами, тогда как во всем мире огромное количество людей вообще лишены крова. На следующий год родилась Дженни, и в свой новый дом Джун вернулась только летом 1948 года, чтобы организовать его скромное, но необходимое переустройство. Семья росла, и вместе с ней для удовлетворения ее нужд вокруг разрастались пристройки все в том же местном стиле. В 1955 году

---

* Примерно восемь гектаров.

родник загнали наконец в водопроводную трубу. В 1958-м провели электричество. Из года в год Джун подправляла террасы, проводила трубу от второго, меньшего по выходу воды, родника для полива насаженных ею же персиковых и оливковых садов и превращала в очаровательный, чисто английский лабиринт густые заросли самшита на склоне холма.

В 1951 году, после рождения третьего ребенка, Джун решила окончательно перебраться во Францию. Большую часть времени дети жили с ней, порой на несколько месяцев переезжали к отцу в Лондон. В 1957 году они ходили в местные школы в Сан-Жанде-ла-Блакьер. В 1960-м Дженни пошла в лицей в Лодеве. Все свое детство младшие Тремейны, словно почтовые отправления, курсировали взад-вперед между Англией и Францией (в поездах их пасли добросердечные старушки-попутчицы или строгие дамы из «Всеобщих тетушек»*), между родителями, которые никак не могли ни жить вместе, ни окончательно расстаться. Ибо Джун, уверовавшая в существование зла и Бога и отдававшая себе отчет, что ни то ни другое не совместимо с коммунизмом, обнаружила, что она не в состоянии ни перетянуть Бернарда на свою сторону, ни отпустить

---

* Лондонское агентство частных услуг на дому, в число которых входит и сопровождение детей в дороге.

его восвояси. А он, в свою очередь, продолжал ее любить, но эта манера жить только для себя, забыв о какой бы то ни было социальной ответственности, бесила его.

Бернард вышел из партии и стал «голосом разума» во время Суэцкого кризиса*. Его биография Насера имела успех, и вскоре после этого он начал привыкать к роли энергичного и открытого для полемики радикала в дискуссионных программах Би-би-си. Он выставил свою кандидатуру от лейбористской партии на дополнительных выборах 1961 года и проиграл — но с честью. В 1964 году он предпринял еще одну попытку, на сей раз удачную. Примерно в эту пору Дженни поступила в университет, и Джун, опасаясь, что Бернард имеет на дочь слишком большое влияние, написала ей во время первого же семестра одно из тех старомодных, напичканных советами писем, какие родители пишут иногда своим взрослеющим детям. Джун заявила, что не верит в абстрактные принципы, в соответствии с которыми «упертые интеллектуалы пытаются инженерными методами управлять социальными процес-

---

* Военное нападение Израиля, Великобритании и Франции на Египет, начавшееся 29 октября 1956 г. с целью захвата Суэцкого канала, о национализации которого 26 июля того же года заявил египетский лидер Гамаль Абдель Насер.

сами». Единственное, во что она верит, объяснила она Дженни, так это в «краткосрочные, практически ориентированные, достижимые цели». «Всякий человек,— писала она,— должен принять на себя ответственность за свою собственную жизнь и пытаться сделать ее лучше, в первую очередь с духовной, а по мере необходимости — и с материальной точки зрения. Мне плевать на то, какие у человека политические убеждения. С моей точки зрения, Хью Уолл (коллега Бернарда по лейбористской партии), которого в прошлом году я видела на званом обеде в Лондоне и который весь вечер не давал никому из сидящих за столом даже слова вставить, ничуть не лучше тех тиранов, которых он так любит клеймить позором...»*

За свою жизнь Джун опубликовала три книги. В середине пятидесятых вышла «Мистическая грация: избранные произведения св. Терезы Авильской». Десятью годами позже «Дикорастущие цветы Лангедока» и еще через два года небольшое практическое руководство «Десять медитаций». С ходом времени ее и без того не частые поездки в Лондон

---

* В ходе PR-кампании по подготовке к вторжению в Египет в 1956 г. египетского лидера Насера в британских и французских политических и медийных кругах сравнивали с диктаторами 1930-х гг.— Гитлером, Муссолини и т. д., причем тон здесь задавали британские лейбористские политики.

делались все реже. Она почти безвылазно жила в деревне, читала, медитировала, вела хозяйство, пока в 1982 году болезнь не заставила ее вернуться в Англию.

Недавно я наткнулся на две страницы скорописи, помеченные тем днем, когда я в последний раз говорил с Джун, за месяц до того, как она умерла летом 1987 года:

«Джереми, в то утро я лицом к лицу столкнулась со злом. Я тогда не вполне отдавала себе в этом отчет, но самый мой страх подсказал мне, что эти животные были порождениями самых низменных форм воображения, злобных духов, которых не в состоянии учесть никакая теория социума. Зло, о котором я говорю, живет в каждом из нас. Оно поселяется в человеке, в частных жизнях, внутри семьи, и тогда первыми страдают дети. А затем, при подходящих условиях, в разных странах, в разные времена прорывается кошмарная жестокость, преступления против человечности, и человек поражается тому, насколько глубокая в нем, оказывается, обитает ненависть. А потом оно снова прячется и ждет. В наших душах.

...Я понимаю, тебе кажется, что я просто ненормальная. Не важно. Вот то, что мне известно. Человеческая природа, человеческое сердце, душа, дух, сознание — называй как хочешь — в конечном счете это единственное, над чем имеет смысл работать. Она должна развиваться и расширяться, иначе сумма наших несчастий никогда не пойдет на убыль. Мое собственное маленькое открытие состоит в том, что в этой области перемены возможны, и они — в нашей власти. Без революции во внутреннем мире, сколь угодно долгой, все наши гигантские планы не имеют никакого смысла. Если мы хотим когда-нибудь жить в мире друг с другом, работать нужно над собой. Я не говорю, что она обязательно будет. Велика вероятность, что нет. Я говорю, что у нас есть шанс. А если она все-таки произойдет, хотя прежде могут смениться не одно и не два поколения, то добро, которое она принесет с собой, изменит человеческое общество непредсказуемым, не подлежащим программированию образом, и никакая группа людей или набор идей не смогут контролировать этот процесс...»

Как только я закончил читать, мне явился призрак Бернарда. Он закинул одну длинную ногу на другую и соорудил из пальцев колоколенку.

— Лицом к лицу со злом? Я скажу тебе, с чем она в тот день столкнулась: с хорошим обедом и порцией злобных деревенских сплетен! Что же до внутренней жизни, милый мой мальчик, то попробуй подумать об этом на пустой желудок. Или не имея доступа к чистой воде. Или если в одной комнате с тобой живут еще семеро. Теперь-то, конечно, когда у нас у всех есть дома во Франции... Видишь ли, при том, как складывается положение вещей на этой перенаселенной планетке, нам положительно необходим идейный каркас, причем идеи эти должны по возможности быть чертовски хорошими!

Джун набрала в грудь воздуха. Они опять встали в бойцовскую стойку...

С тех пор как умерла Джун и мы унаследовали ее деревенский дом, Дженни, я и наши дети стали проводить там все отпуска и праздники. Иногда летом, когда я оставался один в пурпурной вечерней полумгле, в гамаке под тамариском, где любила лежать Джун, я принимался размышлять над всеми теми историческими и личными обстоятельствами, над колоссальными течениями и крохотными родничками, которым пришлось выстроиться в ряд и соединиться для того, чтобы место это попало к нам в собственность: мировая война, молодая чета, которой под самый конец войны не терпится опробовать свежеобретенное чувство свободы, правительственный чиновник на автомобиле, движение Сопротивления, абвер, перочинный нож, тропинка мадам Орьяк — *«doux et beau»*, смерть молодого человека, разбившегося на мотоцикле, долги, которые пришлось выплачивать его брату-пастуху, и Джун, которая обрела чувство покоя и духовного преображения на этом солнечном горном уступе.

Но чаще всего в мыслях своих я возвращаюсь к черным псам. Они беспокоят меня, когда я вспоминаю о том, каким огромным счастьем я им обязан, а в особенности — когда я позволяю себе думать о них не как о животных, но как о призрачных гончих, воплощении зла. Джун говорила мне, что всю свою жизнь она периодически видела их, действительно видела, краем глаза, в головокружительной полуреальности надвигающегося сна. Они бегут вниз по тропе в долину реки Вис, и та, что побольше, оставляет за собой на белых камнях кровавый след. Они пересекают границу света и тени и бегут дальше вниз, куда солнце не заглядывает никогда, и добродушный пьяный мэр уже не пошлет на их поиски группу вооруженных людей, потому что в самый глухой час ночи они переправятся через реку и взберутся по противоположному склону, чтобы двинуться затем через Косс; и по мере того как сон становится глубже, они удаляются от нее, черные пятнышки в сером предутреннем мареве, постепенно растворяясь в складках местности, лежащей у подножия гор, с которых они еще спустятся, чтобы не дать нам спать спокойно, где-нибудь в Европе, в иные времена.

Содержание

Литературно-художественное издание

ИНТЕЛЛЕКТУАЛЬНЫЙ БЕСТСЕЛЛЕР

Иэн Макьюэн

ЧЕРНЫЕ ПСЫ

Ответственный редактор *А. Гузман*
Художественный редактор *А. Стариков*
Технический редактор *О. Шубик*
Компьютерная верстка *И. Варламова*
Корректоры *В. Дроздова, Н. Тюрина*

Иллюстрация на обложке *В. Коробейникова*

ООО «Издательский дом «Домино».
191014, Санкт-Петербург, ул. Некрасова, д. 60.
Тел./факс: (812) 272-99-39. E-mail: dominospb@hotbox.ru

ООО «Издательство «Эксмо»
127299, Москва, ул. Клары Цеткин, д. 18/5. Тел. 411-68-86, 956-39-21.
Home page: **www.eksmo.ru** E-mail: **info@eksmo.ru**

Оптовая торговля книгами «Эксмо»:
ООО «ТД «Эксмо». 142702, Московская обл., Ленинский р-н, г. Видное,
Белокаменное ш., д. 1, многоканальный тел. 411-50-74.
E-mail: **reception@eksmo-sale.ru**

По вопросам приобретения книг «Эксмо» зарубежными оптовыми
покупателями обращаться в отдел зарубежных продаж ТД «Эксмо»
E-mail: **international@eksmo-sale.ru**

International Sales: International wholesale customers should contact
Foreign Sales Department of Trading House «Eksmo» for their orders.
international@eksmo-sale.ru

Подписано в печать 25.10.2010. Формат 70x90^1/$_{32}$.
Печать офсетная. Бумага офсетная. Усл. печ. л. 10,5.
Тираж 4 000 экз. Заказ № 494

Отпечатано с электронных носителей издательства.
ОАО "Тверской полиграфический комбинат". 170024, г. Тверь, пр-т Ленина, 5.
Телефон: (4822) 44-52-03, 44-50-34, Телефон/факс: (4822)44-42-15
Home page - www.tverpk.ru Электронная почта (E-mail) - sales@tverpk.ru

ISBN 978-5-699-46048-9

9 785699 460489 >